새가 허공에 쓴 직유법

J.H CLASSIC 102

새가 허공에 쓴 직유법

'남과 다른 시 쓰기' 동인
이서빈 외

지혜

머리말

지구 앓는 소리가 천지를 진동하는데
인간은
앞으로 앞으로만 달려간다

지구는
폭염 폭우 폭설로
인간에게 애절하게 호소한다

펄펄 끓는 열 때문에
언제 눈 감을지 모르니
제발, 열 식혀달라고

지구의 말
귀 닫고
눈 닫았다

잉여剩餘분이 너무 많아
황량한 계절

미래를 구하기 위해

'남과 다른 시 쓰기' 환경 시인들은
일곱 번째 지구의 말을
번역했다

지구의 품에 사는 사람들이여!
지구의 신음을 귀담아 들어주길
두 손 모아 간절히 빈다

차례

2부

정구민

글나라

이진진

3부

글빛나

최이근

권택용

4부

고윤옥

장 진

이서빈

1부

냇물 외 2편

글 가 람

산 어디선가
몸 숨기고 잠자다
봄비 파랗게 쏟아지자
혓바닥 날름대며 기어가기 시작한다

육중한 몸뚱이에
개구리 물고기
닥치는대로 씹지도 않고 삼키며
껍질 찔레넝쿨에 벗어 걸어두고
장애물이 있으면
쉬~익 돌아 달린다

갈수록 몸집을 불리는 저 능구렁이

가뭄에 등뼈 허옇게 들어내던 강
땅바닥에 배를 착, 깔고
숨 내쉬었다 들이쉬었다
뼈를 단숨에 삼킨다

번들번들

끊임없이 흘러가는
저
물구렁이

흑백 담론

밤과 낮이 담론을 시작한다

달과 별은 밤편이고 해는 낮편이다

양지와 그늘은 모두 낮편을 들자 밤이 반론을 편다

파랑거짓말
노랑거짓말
하양거짓말

낮이 반론을 편다
새까만 거짓말

찔레꽃과 목련과 배꽃은 모두 밤편을 들고
끝없는 반론에

밤낮을 떠도는 바람
조물주가 처음부터
밤과 낮을 공평하게 나누어 주었거늘
편갈이를 왜 하냐고 벼락을 친다

>

눈뜨면 밤편
눈감으면 낮편
밤낮은 지구의 앞과 뒤쪽
흑백은 지구의 원초적 우상

북

북이 구슬피 울며 하는 말
동네북이라 하지 마라!

수천 년이 흘러도
때리지만 않으면
울 줄 모르는 나다

중모리 중중모리 엇모리
잦아지게 휘모리 치면
나는 자진몰이로
잦아지게 울어야 했다

비워야지!
비워야지!
마음 텅 비워야지

비우면 비울수록
소리는 더욱 커지고
소리가 커질수록
시원함을 느끼는지

>
북치고, 장구치고
장단 맞춰 두들기며
신명을 일으킨다
다음 생엔
북이 사람이 되고
사람이 북으로 태어나

북을 두드릴 때마다
크게 울어보겠나?

시감상 | 이서빈

　자연에서 표류하다 죽는 것이 인간이다. 바람과 햇빛과 물 어느 것 하나의 도움 없이는 인간은 살 수 없다. 자연을 압축시켜 인간이란 몸의 덩어리로 태어나 살고 있다. 글가람 시인은 다른 시인들과 차별화된 생각으로 시를 쓰는 시인이다. 자연의 존엄성과 숭고함을 식물성 언어로 대체하고 있다. 의학의 아버지인 히포크라테스는 말했다. '자연이 아니면 몸 안의 질병을 결코 이겨낼 수 없다'라고 했다.

　또 달라이 라마는 '지구는 우리의 유일한 공동의 집이다. 그 집을 지키는 것은 우리 모두의 책임이다'라고 말했다.

　굳이 이들의 이 말을 빌리지 않더라도 오늘날의 환경은 이미 위험수위를 넘어서고 있다. 지구를 생각하면 최소한의 욕구도 욕심이 된다는 생각이 들 때가 있다. 매일 쓰레기를 태산처럼 실어나르는 청소차를 보면 아찔한 현기증이 인다. 글가람 시인 역시 그렇게 급박한 생각으로 쓴 시임이 틀림없다. 시인은 시 「냇물」에서

'가뭄에 등뼈 허옇게 들어내던 강
땅바닥에 배를 착, 깔고
숨 내쉬었다 들이쉬었다
뼈를 단숨에 삼킨다

번들번들
끊임없이 흘러가는
저
물구렁이'라고 했다.

강이 물구렁이다. 가뭄과 폭염에 전 세계적으로 물의 안전지대
는 없다. 물은 지구의 피다. 지구의 피가 부족하면 빈혈을 비롯한
모든 병의 원인이 된다. 피가 탁해지면 제대로 피돌기가 되지 않
아 동맥경화를 비롯한 병들이 발생한다. 그런데 지구의 피가 말
라 등뼈를 허옇게 들어낸다면 얼마나 심각한 일인가? 어느날 우
리는 기막힌 현실을 맞이해 우는 일밖에 없을 날이 온다면 어떻
게 할 것인가? 생각하게 한다.

「흑백 담론」에서는 밤과 낮이 담론하는 시다. 그런데 양지와 그
늘이란 빛과 그림자로 서로 담론이 필요 없는 관계인데 왜 담론
을 벌일까?

'파랑거짓말
노랑거짓말
하양거짓말

낮이 반론을 편다
새까만 거짓말' 거짓말의 집합소를 불러다 담론을 펼친다. 조

‘밤과 낮을 공평하게 나누어 주었거늘
편 갈이를 왜 하냐고 벼락’을 칠 수밖에 없다.

결국, 흑백은 가려질 수 없고 흑백 논리를 정리해 결정이 나더라도 시간이 흐르면 그 담론은 다시 바뀔 것이 뻔한 일이다. 지구의 원초적 우상에서 시작되는 것이 흑백이기 때문이다. 밤과 낮 중에 어느 것이 옳다고 정의할 사람은 세상에 아무도 없기 때문이다. 이 시 또한 거시적 안목으로 보면 자연은 가장 자연스러울 때 가장 멋있다는 경계 해체의 비법을 말하는 것이다. 생명은 자연과 맞물려 돌아가는 바퀴이기에 결코 흑백의 담론은 불필요한 것이란 뜻이다. 자연재해라는 말에는 인간재해라는 말이 함께 들어있기 때문이다. 자연재해는 그야말로 천벌이다. 흑백 담론을 벌이기에도 우리는 너무 늦었다는 생각을 하게 하는 지진과 산불이 세계를 강타하고 있기 때문이다. 이 소식이 남의 일인가? 보이지 않는가?를 담론하는 것이다.

다음 시 「북」을 보자.
북은 空 사상을 말하고 있다. 이 시를 쓴 이유는 인간이 욕심을 비우지 않으면 자연에 배반당할 것을 말하고 있다.

‘중모리 중중모리 엇모리
잦아지게 휘모리 치면

나는 자진몰이로
잦아지게 울어야 했다

비워야지!
비워야지!
마음 텅 비워야지

비우면 비울수록
소리는 더욱 커지고
소리가 커질수록

시원함을 느끼는지' 하고 북의 운명을 말하고 '다음 생엔/ 북이
사람이 되고/ 사람이 북으로 태어나// 북을 두드릴 때마다/ 크게
울어보겠나?' 하는 질문으로 역지사지易地思之로 확대시키며 끝
을 냈다.

글가람 시인은 즉 '인간을 포함한 일체 만물은 직접적 원인인
인因과 간접적 원인인 연緣, 즉 인연에 의하여 생겨났고, 인연에
의하여 변할 뿐, 고정불변하는 실체가 없다'는 불교의 근본 교리
이다. 그렇기에 현상계에 나타나는 모든 사물은 다른 것과의 관
계 속에서 생멸하며, 고정 불변하는 자성이 없고 오로지 사물은
원인과 결과로 얽힌 상호의존적이기에 무아이며 곧 무아이기에
공이 된다는 우주 삼라만상은 전부 이 공으로 돌아가지 않는 것
이 없고 우주 삼라만상 모든 것이 이 공에 해당하며, 비어 있으나

둘이고 전체이며 곧 삼라만상을 아우른다고 하는 공사상空思想에 입각해 아주 찰지게 잘 표현하고 있다.

인간들에게 모두 공으로 돌아갈 몸이니 너무 자연을 훼손하고 욕심부리지 말라고 경고장을 날리고 있다. 이 시가 전세계로 날아다니며 환경을 치료하길 기대한다.

소름 외 2편

이 옥

빙하가 녹아 구름이 되었다

절망이 구름보다 넓게 펼쳐져
하늘에서 흙냄새가 쏟아진다

빙하속 균들
두부를 잘라먹으며
얼싸안고 춤춘다
다시는 갇히지 말자고
인간 고기를 먹으며 복수를 다지는 소리

무사안일함이
균들을 방목해
바람을 타고 퍼지며 몸을 푸는데

오염넝쿨이 세상을 뒤덮기 전에
환경시 쓰고 있으면
이상기온이 쥐고 흔들던
지구 목숨줄 놓아줄까?

>

달빛마저 희뿌연 시대

수수만 년 살아온 땅에 열이 나는데
미래의 아이들은
얼음이란 말이 무슨 말인지 모를지도

소름이 쫙 돋는다

생각 길들이기

둑제가 펼쳐지고 있는 이순신 광장

남다시반을 초청해놓고
나라 구하는 방법과 세상 구하는 방법을 강의하고 있다

두려움은 개나 던져주고
당당하게
자신있게
지구를 치료하라며
구령대口令臺에 올라 호령하는 이순신 장군

산책로에
출렁이는 감동의 목소리

어둠 걷어내며
들썩들썩
사람들이 몰려든다

겸허한 수면으로 깊어지는 이순신
외로운 시 한 편을 외며 여수 밤바다에 취해본다

>

냉소적인 달빛
형이상학적인 별빛에
오염을 돌돌말아 방생한다

구불구불 길을 찾아 헤엄치는 생각

스위치

잔디밭위로 함성소리가 굴러다닌다

흙속에서 건져올린 생명
삶을
끄고
켜는 스위치는 어디에 달려 있는지

깊이도
길이도
넓이도
알 수 없이 몸 어딘가에 봉인된 선험

수레바퀴 구르듯
끊임없이 돌고 도는 삼계육도
지구 숨소리가 가파르다

나뭇잎 피고지고
세상사 휘청이는 중심은
스위치에 장치된
딸깍소리

>

자동으로 개폐된다는 생각은 오류다

스위치가 고장난 계절에는
자연도 끝이다

환경을 생각하면 이제 걱정을 넘어서 참담한 생각이 든다. 모두 걱정만 하고 있지 별다른 행동은 하지 않고 있는 현실.

뉘우쳐도 늦은 시간 앞에 자꾸만 소름이 돋게 하는 무형의 삶들. 존재란 유형은 시간이란 물살을 타고 우리가 잠든 시간에도 흘러가고 있다. 자연이란 생명 감각의 스위치를 조절하지 못해 끔찍하고 무시무시한 뉴스들이 사이렌을 울리며 달려든다. 삶과 죽음이 눈앞에서 혈투를 하고 있는데도 앞만 보고 달리는 현실. 이옥 시인은 기후 위기의 실질적 공포를 다루고 있다.

이옥 시인의 시 「소름」은 생각만 해도 소름 돋게 하는 명찰을 달고 있다.

첫 연부터 '빙하가 녹아 구름이 되었다'고 극단적 이미지를 형상화하고 있다. 빙하 속에 숨어있던 균들은 다 어디로 가고, 인간은 어디로 피신해야 하는가? 균을 가두고 있던 빙하가 자연의 질서를 파괴하며 비극으로 둥둥 떠다니는 무서운 사태를 변용시켜 압축한 도입부다.

'빙하 속 균들/ 두부를 잘라먹으며/ 얼싸안고 춤춘다/ 인간 고기를 먹으며 복수를 다지는 소리' 시인은 빙하가 녹자 균이라는 무시무시한 생명체들이 뛰어나와 인간에게 달려들어 '두부를 잘라먹'듯 '인간 고기'를 잘라 먹으며 '얼싸안고 춤춘다'고 말하고 있다. 이는 생태계가 복수를 다지며 인간에게 보복한다는 말이다. 곧, 인간 중심주의에 대한 전복을 말하고 있다.

'달빛마저 희뿌연 시대'라고 이제 인간은 지구를 넘어서서 달나라마저 공해를 일으킴을 지적한다. 시인은 지구라는 동네가 일촉즉발의 상황의 위기에 처해있음을 깨달으란 경고를 하고 있다.

'수수만 년 살아온 땅에 열이 나는데
미래의 아이들은
얼음이란 말이 무슨 말인지 모를지도' 얼음이 녹고 수수만년 살던 터전이 사라질 위기라서 미래 걱정에 '소름이 쫙 돋는'데 왜 한기가 서리는지 모르겠다. 투명하고 싸늘해야 할 달빛이 흐리멍덩히 제 기능을 못 한다. 이렇게 되면 고통마저 통점痛點을 찍는 것 아닌지! 서늘한 불안감이 피를 철철 흘리는 듯하다. 이상은 '폭풍이 눈앞에 온 경우에도 얼굴빛이 변해지지 않는 그런 얼굴이야말로 인간고人間苦의 근원이라. 나는 울창한 삼림 속을 진종일 헤매고 끝끝내 한 나무의 인상印象을 훔쳐오지 못한 환각幻覺의 인人이다'고 했다. 이상의 울창한 삼림은 온갖 고통을 겪고 살아왔지만 진정 중요한 것이 무엇인지 깨닫지 못해 자신은 환각인이라고 한다. 얼마나 많은 고통을 겪어야 나무의 인상이 보일지 독자들도 한 번 곰곰 생각해 봤으면 좋겠다.

다음 시 「생각 길들이기」 속으로 발걸음을 옮겨보자.

‘둑제가 펼쳐지고 있는 이순신 광장

남다시반을 초청해놓고

나라 구하는 방법과 세상 구하는 방법을 강의하고 있다’ 얼마나 다급했으면 이순신 장군이 환경 시를 쓰는 남다시반을 초청해놓고 둑제를 올리며 강의를 하겠는가?

시인은 나라를 건진 이순신 장군을 불러내어 작금의 지구 위기를 생태적으로 살릴 계책을 ‘이순신 장군이 구령대에 올라 호령한다’고 말하고 있다. 그리고 더 심층적 깊이를 파고드는 말로 ‘겸허한 수면으로 깊어지는 이순신/ 외로운 시 한 편을 외며 여수 밤바다에 취해본다’라고 관조적 사유를 끌어낸다. 너무 심각해 급하게 달려들 때 어떤 일이든 실패하기 쉽다. 그래서 이순신 장군은 오히려 밤바다를 보며 시 한 편을 써서 남다시 팀들에게 강의를 하기 위해 생각의 깊이로 빠져들고 있는 것이다.

‘냉소적인 달빛

형이상학적인 별빛에

오염을 돌돌말아 방생한다’는 ‘오염을 돌돌말아 방생하’면 달빛이 제빛으로 형형하게 살아날 수 있을까? 대처할 수 있는 묘안을 건져 올리기 위해 ‘구불구불 길을 찾아 헤엄치는 생각’ 하고 있다. 부디 좋은 대안이 나오길 기대해본다.

다음 시 「스위치」역시 첫 연부터

‘잔디밭위로 함성소리가 굴러다닌다’고 무언가 심상치 않은 공포를 내포하고 있다.

'흙속에서 건져올린 생명

삶을

끄고

켜는 스위치는 어디에 달려 있는지'에서 생명을 스위치로 묘사하고 생태와 윤리 대안을 주제로 압축시킨다.

'수레바퀴 구르듯/ 끊임없이 돌고 도는 삼계육도/ 지구 숨소리가 가파르다'에서는 불교의 윤회 개념인 삼계육도를 내세워 형이상학의 언어를 통해 생태 위기를 고발하고 있다.

'스위치가 고장난 계절에는/ 자연도 끝이다'에서는 영화 '쥬라기 월드' 새로운 시작 편을 연상하게 한다. 이 영화는 '공룡을 생명 윤리외 기술의 경계에서 조명한다. 인간의 오만과 자연의 자율성이 충돌하는 현실 속에서 공존의 가능성과 한계를 성찰한다'는 것이다. 자연과 과학의 충돌, 인간의 오만 생명의 존엄이란 질문을 다시 생각하게 만드는 영화이다. 이 영화는 공룡이 어떻게 태어났는지에 대한 관심보다 그들과 함께 살아가야 하는 이 시대에 인간이 감당해야 할 것이 무엇인가를 성찰하게 하는 영화다. 공룡은 한때 인간의 오만이 낳은 유산이자 생존의 위협자였지만, 공룡을 생명의 위협이 아닌 생명 기술로의 가능성으로 다룬다. 이 영화는 단순한 생존 극을 넘어 서로 다른 입장과 가치관을 지닌 인물들이 극한 상황 속에서 어떻게 책임을 지고 깨닫고 현실을 감내하는지 '경외와 공포의 동거'라는 두 축을 그려내고 있다. 인간 문명이 맞닥뜨린 내부 균열을 치유의 열쇠로 제시하며 인간에게 많은 생각을 해주게 하는 영화다.

자동화된 세계 편리한 인간의 욕망에 자연은 아프다고 소리 지르지만, 스위치가 고장 난 계절에는 당연히 결국 인간 스스로 감옥에 갇히는 꼴이 되고 만다. 이토록 끔찍한 공포가 치명적인 공포가 눈앞에 다가왔는데도 끄떡 않는 시대, 이렇게 심각해도 침묵으로 일관하는 시대. 인간은 두려워하지도 않는 캄캄한 어둠이 내려야 고통을 절규하며 구원을 요청할 것인가. 이옥 시인은 스위치가 고장 나기 전에 자연이 무너지기 전에 서로 함께 공존하는 방법을 찾자고 외치고 있다. 자연의 파국을 예언한 눈을 가지고 깊은 사명의식을 세계에 알리는 환경 파수꾼이다. 이 시마저도 자본주의에 침몰하여 색과 냄새를 다 갉아 먹고 마지막 사형선고까지 가지 않기를 기도해본다.

젖은슬픔 외 2편

글 로 별

노랑부리백로 다리에
능선이 걸려있다, 파도가 걸려있다

바다가 팔닥이며
비린내를 제조하고
달빛이 부서져 비린내를 조각내고

질펀한 뻘뜨락이 소란하다

조개 낙지 게
한통속으로 진흙심장을 파고들고
초로의 갯벌은
태초의 시간을 게워낸다

고삐 놓은 슬픔이
낙지머리에 목탁을 두드리고
여승 울음이 질펀하게
갯벌을 반죽한다

비에 실려온 얼룩이 마르고 있다

하늘에서 빛 한줄기 내려
물의 근원을 어두운 그늘에서 구해내는
환경 경전이 씨줄날줄로 촘촘하게 짜여진다

아무래도 저 경전이 지구를 구하고 말 것 같은 날

전설의 본적

전성기 시절은 전설이 없다
오래 숙성되지 않은 것은 전설이 아니다

오래된 느티나무가 쏟아내는 전설따라 삼천리
할배할매들 느티나무 그늘에
전설꽃 주렁주렁 매단다

늙은 그늘에 울울붉붉 피어나는 전설꽃
바람도 구름도 나무능선에서 기웃기웃
초나라와 한나라 전쟁 구경하고
노랑주전자속 전술은 불콰하게 사람을 취하게 만든다

목청 좋은 모꾼 답가에 맞춰 허리굽힌 들녘

드론이 농약을 뿌리고
몇십 명분의 일을 하는 트랙터에 기계적으로 자라며
농부 발소리 그리워 눈물짓는 곡식

진흙 묻은 걸걸한 농군들 웃음소리
전설로 저 멀리 밀려나고

트랙터 기계소리가 벼를 베고 털고 담는다

느티나무 정자 이바구도
할배할매를 따라 본적으로 돌아갔다

타향으로 환생해
사람의 곁을 악착같이 지키며 팽창할
전설의 본적

안녕, 하루

여명黎明 밟고 기룡산起龍山* 오른다
산등성 불그스름 융단 펼쳐지더니
산은 불덩이 쑥 낳는다, 산통이 멈추는 순간이다

산비탈 여리여리 노루귀꿩의바람꽃
이슬방울 방울방울 꿰어 염주를 만든다

염주는 흔적없이 소리를 따라 굴러가버리고
축축한 흙냄새만 고요하다

상추 파 시금치 싱싱함과
빗소리 장단으로 빈대떡 부쳐
바람과 이웃 불러 막걸리 나누고
어우렁더우렁 더우렁어우렁
노랫가락 흥 땅으로 비처럼 스민다

비 그친 차분한 저녁
땅은 잠시도 쉬지 않고
온갖 꽃들 피워낸다

\>

흙을 만지는 나의 하루는 안녕했다

다른 80억 지구인들 모두 안녕하신지

* 강원자치도 인제군 인제읍내에 있는 산

　메를로 퐁티(1859~1938)의 「지각의 현상학」은 20세기 현상학의 결정적 전환점이 된 철학서다. 이 책은 전통적인 이원론 정신과 육체 주체와 객체를 넘어서 지각과 경험을 통해 드러나는 세계 본디 구조를 드러내려는 시도이자 존재의 철학적 이해를 감각적 실천에서 재출발하려는 탐색이다. 그는 '생각하기 전에 우리는 먼저 자각한다'고 했다. 문득 내 얼굴을 스쳐 가는 바람의 감미로움 손 등위로 떨어져 내리는 햇볕의 따스함 길모퉁이를 돌아가다 마주친 꽃향기 오래된 책갈피에서 풍겨오는 종이 냄새 같은 것은 생각해서 받아들이는 것이 아니다. 내 몸이 먼저 알아차린 것이다. 지각은 단지 눈으로만 보는 행위가 아니다. 몸으로 스치는 모든 감각의 흐름이다. 그건 자연과 몸과의 대화이다. 지각의 현상학은 각 신체 기관에 귀를 기울이게 한다. 바람의 방향 햇살의 온도 책장의 무게 자연을 바라볼 때 미세한 떨림이 시시각각 변한다. 그러나 우리는 너무 오랫동안 습관처럼 대해 왔기에 무감각하게 대하며 살아가고 있다.

　글로벌 시인의 「젖은슬픔」이란 시는 그 미묘하고 미세한 관찰에서 태어난 시다. 노랑부리백로, 파도, 질퍽한 뻘, 조개·낙지·게 등 해안 생태계를 세밀하게 포착하면서 지각이 자연과 만나서 느끼는 장면이다. 단순한 수동적 수용이 아니라 자연과의 관계 속에서 몸 전체가 형성하는 것이다. 곧 단순한 물리적 객체가 아니라 그 세계를 관찰하고 성찰하고 통찰하며 이해를 구성하고 그에 대한 답을 시로 적어놓았다. 그 속에 '슬픔'이라는 내면 정조를 겹쳐 놓았다.

곧 살아있는 관찰을 통해서만 '노랑부리백로 다리에/ 능선이 걸려있다, 파도가 걸려있다'는 아주 근사하고 철학이 담긴 촌철살인 같은 첫 행을 발견할 수 있는 것이다. 그래야만 자연과 인간 정서가 분리 불가능하게 얽혀 있음을 보아낼 수 있다.

또 '고삐 놓은 슬픔이/ 낙지머리에 목탁을 두드리고/ 여승 울음이 질퍽하게/ 갯벌을 반죽한다'는 구절은 불교적 이미지와 해양 생태 이미지의 불협화음 속에서 새로운 조화를 창조한다. 아무리 도를 깊이 득도한 스님도 이런 경구를 만들어낸 걸 보지 못했다. 이 불협화음은 만물의 차이를 가로질러 도달하는 하나의 경지를 연상케 하며, 인간의 애도와 자연의 순환이 하나임을 보여주고 있다.

마지막 부분에서 '환경 경전이 씨줄날줄로 촘촘하게 짜여진다'는 표현은 생태계 자체를 성스러운 신과 같은 존재로 만들어내는 생태학적 감수성을 유감없이 드러내고 있다. 그리고는 단언한다. '아무래도 저 경전이 지구를 구하고 말 것 같은 날'이라고. 이 문구는 새로운 가능성을 잉태하는 세계의 힘에 대한 믿음을 정의하고 있다.

다음 시 「전설의 본적」에서는 '전성기 시절은 전설이 없다/ 오래 숙성되지 않은 것은 전설이 아니다'라고 한다. 전설을 오래된 시간의 속성물로 정의한다. 글로벌 시인은 현대 문명에 하루, 아니 시시각각 변하는 전성기의 찬란함보다는 쇠락의 그림자 속에서 피어나는 이야기의 힘을 강조한다. '오래된 느티나무가 쏟아내는 전설따라 삼천리/ 할배할매들 느티나무 그늘에/ 전설꽃 주렁주렁 매단다'는 정겨운 농촌 풍경을 말하고 있다.

느티나무 아래에 모인 노인들의 전설꽃은, 할머니·할아버지들의 몸과 목소리로 전승되는 구술문화의 아우라를 보여준다. 이러한 이야기는 에이아이AI 시대인 이 시대에 기계적 복제가 불가능한 '여기-그리고-지금'의 고유성을 지닌 아주 소중한 한 때를 찍어놓고 있다.

그러나 드론, 트랙터, 기계음이 곡식과 대화를 대신하는 장면은, 기술적인 사유의 지배가 자연과 엇박자를 놓는 장면을 상기시킨다. '농부 발소리 그리워 눈물짓는 곡식' 같은 문구의 의인화는, 인간과 자연의 상호성reciprocity이 산업화 속에서 단절된 현실을 애상적으로 드러내고 있다. '타향으로 환생해/ 사람의 곁을 악착같이 지키며 팽창할/ 전설의 본적'은 지금까지의 삶이 사라지는 것이 아니라 다른 형태로 변이하며 생존한다는 말이다. 이야기는 죽지 않고 그 형태만을 바꿔 새로운 시대 속으로 귀환한다는 영원회귀와 닿아있다는 말이다.

다음 시 「안녕, 하루」는 참으로 정겨운 시다. 어릴 적 꽃을 보고도 지저귀는 새를 보고도 안녕! 이라고 인사를 나누고 이야기를 나누는 경험을 모두 가지고 있다. 그러나 차츰 나이를 먹으면서 우리는 감성이 점점 굳어가면서 이제 꽃을 봐도 새소리를 들어도 무덤덤하게 된다. 그 사이 우리의 감성 세포는 점점 죽어가고 있는 것이다. 모든 사물을 늘 새롭게 보려는 습관이 중요한 이유이기도 하다.

'여명黎明 밟고 기룡산起龍山* 오른다/ 산등성 불그스름 융단 펼쳐지더니/ 산은 불덩이 쑥 낳는다, 산통이 멈추는 순간이다// 산비탈 여리여리 노루귀꿩의바람꽃

이슬방울 방울방울 꿰어 염주를 만든다'는 시구는 참으로 글로벌 시인처럼 어여쁜 문구다. 이슬방울로 꿰어 만든 염주는 얼마나 영롱한 도통진경 속의 풍경처럼 기분이 맑고 투명하고 상쾌한가? '상추 파 시금치 싱싱함과/ 빗소리 장단으로 빈대떡 부쳐/ 바람과 이웃 불러 막걸리 나누고/ 어우렁더우렁 더우렁어우렁/ 노랫가락 흥 땅으로 비처럼 스미'는 이 대자연을 벗 삼아 이웃과 나눔을 담으며, 평범한 하루에서 삶의 활기를 느끼게 하는 공동체의 정겨움을 구현한 연이다.

'흙을 만지는 나의 하루는 안녕했다'는 표현은 메를로퐁티가 말한 세계와 몸이 서로 스며드는 각각의 층위를 아주 잘 표현한 연이다.

마지막 구절 '다른 80억 지구인들 모두 안녕하신지?'는 참으로 통 큰 표현이다. 미하일 바흐친의 '카니발적 시간'처럼, 이 순간은 계급·세대·형식의 경계를 허물고 평등하게 만나는 장으로 타자의 윤리를 환기시키는 경구다. 이렇게 지구촌의 모든 인구가 자연을 숭배하며 함께 잘살자는 깊은 울림을 준다.

글로벌 시인의 시는 자연이 평범한 일상을 살아가는데 얼마나 소중한지를 말한다.

환경을 살리는 시를 쓰는 시인답게 소소한 일상을 행복이 모두 자연을 소중하게 여기고 함께 공존할 때 가능하다고 외치고 있다, 이 시가 세계인들의 세계를 날아다니며 환경을 살리는 경전이 되리라 믿는다.

2부

시숲에 피우는 초록 외 2편

정 구 민

한라에서 백두까지 긴 울음 따라 뛰노는
노루 사슴 토끼
나비 새 매미

여름 시들어
가을 익을 때까지
신바람그물에 걸려 파르르 울고
산신제 굿소리 징소리가 징징 운다

지구 탯줄 열두 달이 운다
바짝마른시간 바스락 거리며
흙바람이 운다
녹슨철조망
짙푸른 3·8선 골짝마다
계곡 물소리 하얗게 운다

연달래 진달래 철쭉꽃
연달아 피어난
삼천리 금수강산 꽃바람
분홍분홍 철쭉철쭉 철마다 운다

>

한라 백두 바람재
통일통일 통통 운다

경이로운 친환경 경전
전세계 바람으로 피어나
하늘 열고 시숲을 이룬다

한글나라

푸른깃발 펄럭인다
기러기떼 하늘길
올챙이 목탁소리

자음 모음
동방등불 한글이 지구를 돈다

한글나라엔
문화가 미글미글
역사가 이글이글
철학이 철썩철썩
지성이 지글지글 불탄다

지구배꼽 한글나라로
다 모여드는 사람들

지구별
한글꽃 만발하고

남극북극 빙하 다 녹는데

한글로 지구 구할길 찾아
정글 가시밭길 가는데

한글
아리랑
비빔밥
세상을 휘젓는다

함께 울컥하고 위상 높일 나라

자벌레

자벌레속에는 몇 킬로미터의 자가 있을까?

사람마음 재는 자벌레
산비둘기 울음 재는 자벌레

나뭇잎 거리를 당겨
공중 넓이를 잰다

빗소리
푸른물결
번뇌 깨달음
길이 이으면
필환경 만들 수 있을까?

마음길이 만큼
새순을 틔운 봄
살점 잘라낸 산길이
지진 태풍 홍수 가뭄 전염병 재는 자벌레

달빛입술 휘청

나비울음 일기 쓰는 푸른날개 나풀거리고
둘레길 평상
자박자박 걸어온
애기자벌레
글의 깊이 재다
사람의 말 길이 잰다

계절은 자신의 길이를 알고
피고지고 나고죽고

지구 당착에 빠진
인류
지구별 안녕을 재는
자벌레

'자연은 인간의 가장 위대한 스승이다'라고 했다.

이 지구상에는 다양한 생태계가 존재하며 이들은 서로 연결되어 있다. 생물 다양성은 식물과 동물의 건강, 농업 생산성에 큰 영향을 미친다고 한다.

예를 들면 특정 식물들은 해충에 대한 저항력을 높이기 위해 서로 협력하고 이는 인근 농작물의 성장에도 긍정적인 영향을 준다고 한다.

그러나 4차 산업혁명 이후 자연환경 훼손이 심화하면서 현재 인류는 전례 없는 환경 위기에 맞닥뜨렸다.

기존의 과학기술은 인간의 발전을 위해 자연을 희생시켜 왔다.

그런 인간중심의 기술이 오늘의 문제들을 초래했다.

이젠 기존의 인간 중심기술이 아닌 자연 중심기술을 새롭게 찾아야 한다. 자연 중심기술이란 자연과 인간이 공존하며 생태적 풍요와 경제적 발전을 동시에 이룰 수 있는 기술이다. 자연 중심기술은 현재 생명공학과 나노기술, 건축, 로봇공학, 집단지능까지 여러 분야에 걸쳐 활용되고 있다.

자연은 인간에게 많은 영감을 준다. 예술가들은 풍경에서 작가들은 자연의 속삭임에서 창작의 무한한 원천을 찾는다. 실리콘밸리의 많은 혁신적인 아이디어 역시 자연에서 출발한 경우가 많다.

그러나 기후 변화가 우리 생태계에 심각한 영향을 미치고 있어 이에 대한 대처가 시급하다. 생태계를 보전하는 것이 결국 인류의 생존과 발전을 위한 필수임을 잊지 말아야 한다. 이 시점에서 생태계를 보전하는 시를 볼 수 있음에 희망이 보이기도 한다.

정구민 시인의 「시숲에 피우는 초록」에서는 시각적으로도 이미 시원함을 느끼도록 시를 써나간다.

'한라에서 백두까지 긴 울음 따라 뛰노는
노루 사슴 토끼
나비 새 매미'
이 얼마나 정겹고 평화로운 모습인가?

노르웨이 생태철학자 아르네 네스의 '심층 생태학'과 이어져 있다고 할 수가 있다. 노루 사슴 토끼 나비 새 매미 같은 생명들은 우리들 부근에서 늘 함께 살아온 정겨운 이름들이다.

다시 말해 공동체적 생명을 중심에 놓고 쓰며 자연과 인간은 하나라고 말하며 분단의 역사와 생명들의 울음을 통해 분단과 전쟁의 상처 그리고 나아가서 '한라 백두 바람재/ 통일통일 통통 운다'고 통일을 외치며 우는 생태적 조화를 그려내고 있다. 그리고는 '경이로운 친환경 경전/ 전세계 바람으로 피어나/ 하늘 열고 시숲을 이룬다'고 아주 희망적 메시지를 담고 있는 푸르고 싱싱하게 살아있는 시다.

다음 시 「한글나라」를 보자.

한글이란 말을 생각만 해도 가슴이 두근거린다. 만일, 세종대왕께서 눈을 반납하며 한글을 창제創製하지 않았다면 어쩔 뻔했는가! 생각만 해도 아찔하다. 그리고 이 대한민국에 태어난 것이 자랑스럽다. 아마 정구민 시인도 예외가 아닐 것이다.

　　'푸른깃발 펄럭인다
　　기러기떼 하늘길
　　올챙이 목탁소리

　　자음 모음
　　동방등불 한글이 지구를 돈다

　　한글나라엔
　　문화가 미글미글
　　역사가 이글이글
　　철학이 철썩철썩
　　지성이 지글지글 불탄다

　　지구배꼽 한글 나라로
　　다 모여드는 사람들

　　지구별
　　한글꽃 만발하고

남극북극 빙하 다 녹는데

한글로 지구 구할길 찾아

정글 가시밭길 가는데

한글

아리랑

비빔밥

세상을 휘젓는다

함께 울컥하고 위상 높일 나라'
—「한글나라」전문

한글이 없었다면 이 아름다운 시가 어떻게 가능하겠는가? 비트겐슈타인은 '언어의 한계가 곧 세계의 한계'라고 했다. 이 시에서 '한글'은 단순한 문자가 아니라, 지구적 문제인 빙하 융해, 생태 위기를 해결할 수 있는 인식의 언어로 자리 잡고 있다. 즉, 언어가 세계를 새롭게 열 수 있다는 철학적 믿음이 깔려 있다. 더이상 말하면 사족인 것 같다. 한국인들이여 기를 펴고 살 한글이 있는 한 대한민국은 세계 최고가 되리라는 자부심을 느껴보자.

다음 시 「자벌레」를 보자.

'자벌레속에는 몇 킬로미터의 자가 있을까?' 자벌레의 움직임을 은유로 삼아, 인간의 마음·자연의 변동·지구적 위기를 동시에 잰다는 전제를 깔고 '사람 마음 재는 자벌레/ 산비둘기 울음 재는 자벌레// 나뭇잎 거리를 당겨/공중 넓이를 잰다'고 말하고 있다.

'빗소리/ 푸른물결/ 번뇌 깨달음/ 길이 이으면/ 필환경 만들 수 있을까?'라는 문구는 들뢰즈의 '리좀' 개념처럼, 자벌레의 길이는 직선이 아니라 '연결과 이어짐'으로 존재하고 있다. 빗소리, 푸른물결, 번뇌와 깨달음을 이어붙여 '필환경必環境'까지 확장하는 생태 시의 보고이다. 이렇게 자연을 갉아먹고 사는 자벌레를 보고 사유를 창조하는 시인은 자연과 시인의 거리가 몇 리나 될까? 문득 궁금해지는 순간이다. 이 시는 자벌레를 내세워 오히려 자연이 인간을 재는 척도로 역전시키며 인간은 자벌레가 재는 지진 태풍 홍수 가뭄 전염병 속에서 자신을 성찰하게 하는 환경 철학적 사유의 시다.

이 시가 세계로 뛰어다니며 발가락이 불어 트도록 환경운동을 전개할 것이다.

한알의 우주 외 2편

글 나 라

누군가의 손끝에서 태어나
별꽃으로 피어 숨쉰다

보이지 않는 신비로운 법칙
깊은 어둠 뚫고
빛을 향해 솟구치는 싹

알갱이속
은하수처럼 이어진 생명을 캔다

따끈따끈 소리가 들리고
분이 모락모락
구름이 몽실몽실
하늘 한 자락 빌려
저마다 우주가 되어 있다

무수히 오염된 이야기들
하얗게 탈색되어
하늘로 퍼져가고

\>

감자 한 알에서 피어난 만물
그 속에서 시작된 꿈

우주 끝까지 닿을 수 있음을
우리는 알까?
느낄 수 있을까?

지우개

거리에 늘어선 자동차
공해 지우개로 깨끗이 지우고 싶다

산의 살 파먹고 사는 터널
도심 살 파먹고 사는 지하철

지구의 살을 파먹고
열기에 열기를 더해
숨통 트기 위해
쉴 새 없이 돌아가는 환풍기

무공해 용마를 타기 위해
용마산*을 오른다

살랑이는 바람 콧속에 구겨넣고
산딸나무 하얀향기 눈에 꺾어넣고
파랗게 파랗게 흐르는 기 가방 가득 담았다

나뭇가지 볼을 비비며
부드럽게 다가와 반기며

아까시향기 한 다발 건네준다

용마등을 타고
빗줄기로 채찍질하며 용마산 한 바퀴 도는데
마가목 불두화 섬노린재 마중 나와
향연을 펼친다

자연에 입힌 상처
지우개로 박박 문지르고 싶은 날

* 서울시 중랑구에 있는 산

어울림

기쁨의 순간을 위해
마음밭에 기쁨씨앗 심었어요

피부 종교 언어 달라도
기쁨이란 이름 하나로 통했어요

별 달 해 구름 바람
모두가 국경 없는 이웃들이네요

반일을 사는 별 달
순간을 사는 구름 바람
어울어울 함께 살아요

가야금 오동나무 숨소리
봉황의 노란춤사위
다 같이 손잡고 강강술래

배려 양보 감사
한 통속되어
노래하고 춤추며

어우렁더우렁

자연과 인간 한 묶음 되어
기적의 시간을 엮어가요

시란 모래 한 알에서 우주를 보아내는 관찰의 힘으로 탄생한다. 글나라 시인은 우리가 주식으로 먹는 감자를 '한알의 우주'로 표현했다.

감자는 약 8천 년 전 안데스산맥 고지대에서 인류에 의해 처음 길러졌다고 한다. 돌처럼 굳은 뿌리줄기 속에 거대한 에너지를 감추고 있는 감자는 씨앗이 아니라 땅속에서 숨은 시간을 견디며, 적당한 때에 다시 싹을 틔운다. 하이데거의 '존재는 드러나면서 동시에 감춰진다'라는 말처럼 감자야말로 철학적으로 본다면 은폐와 드러남의 존재 방식을 보여준다.

흙 위로는 하얗거나 보랏빛 꽃으로 인간의 시선을 유혹하고 그 본질 내면은 보이지 않는 땅속에서 동글동글 자라 글나라 시인의 말처럼 한 알의 우주로 자라나는 것이다.

감자와 인간은 서로 다른 기원을 지녔지만, 깊은 은유적 평행이 있다. 감자는 땅속에 뿌리내림으로 생존을 보장하고 인류는 기억과 이야기라는 뿌리를 통해 자신을 이어왔다. 감자는 지구가 인간에게 내린 숨겨진 생명의 저장소이고, 인류는 그 저장소를 발견하여 문명으로 확장한 존재다. 결국, 감자와 인류의 기원은 존재와 드러남과 숨음, 그리고 결핍과 충만 뿌리와 이야기의 교차 그러니까 인간으로 말하자면 외부는 감자꽃이고 뿌리는 내부의 마음 합일에서 살아간다.

'누군가의 손끝에서 태어나/ 별꽃으로 피어 숨쉰다' 단순한 음식이 아니라 별꽃으로 피어 숨 쉬는 행성의 씨앗이라고 기원의 은유로 확장하고 있는 철학적인 시다.

'알갱이 속/ 은하수처럼 이어진 생명을 캔다' 나무의 나이테는 나무가 죽어야만 알 수 있고 인간의 마음은 죽은 후에도 알 수 없다는 걸 비유해서 감자를 캐보니 '따끈따끈 소리가 들리고/ 분이 모락모락'은 감자의 삶은 과정과 삶은 후의 과정을 말하는 것 같지만 사실은 빅뱅, 그러니까 감자 한알에서 삶의 소리와 우주의 생성음을 겹쳐서 보여주는 웅숭깊은 구절이다.

흔히 먹고 사는 사소하고 평범함 속에서 무한을 포착하는 시학이다. 머릿속에 감자분을 닮은 구름이 몽실몽실 떠오르는 기분이 든다.

다음 시 「지우개」를 보자.

'거리에 늘어선 자동차/ 공해 지우개로 깨끗이 지우고 싶다// 산의 살 파먹고 사는 터널/ 도심 살 파먹고 사는 지하철// 지구의 살을 파먹고/ 열기에 열기를 더해/ 숨통 트기 위해/ 쉴 새 없이 돌아가는 환풍기// 무공해 용마를 타기 위해 용마산을 오른다.'

이 문구들은 환경 파괴의 현실을 날카롭게 짚어내고 질책하는 환경 시다. 용마산이란 산에 오르며 느낀 맑음과 치유의 기운을 '무공해 용마'라는 상징으로 풀어내며 '자연에 입힌 상처 지우개로 박박 문지르고 싶은 날'이라는 구절은 숨을 헉헉 막히게 한다.

인간 문명이 만든 자동차, 터널, 지하철은 모두 문명이 남긴 검은 낙서라며 글나라 시인은 그것들을 모두 박박 지우고 싶어 지우개라는 도구를 들고 나선다.

참 재미있는 것은 여기서 반전의 매력이 온다. 그 지우개는 고무가 아니라 산과 나무와 꽃향기이다. 무공해 용마산은 고대나 중대 속 말이 아니라 자연을 회복시킬 현재를 말한다. 현실의 오염과 찌든 환경에 정화가 필요하고 각인이 필요함을 상상력으로 잘 이미지화시킨 시다.

「어울림」은 화합과 조화의 노래를 아주 잘 조합한 환경 시다. 인간과 자연, 문화와 시간, 다름과 다름이 모여 하나로 연결되는 울림이 강강술래 장면과 어우러져 마치 손을 잡고 함께 춤을 추듯 선명하게 다가온다.

'피부 종교 언어 달라도/ 기쁨이란 이름 하나로 통했어요// 별 달 해 구름 바람/ 모두가 국경 없는 이웃들이네요// 반일을 사는 별 달/ 순간을 사는 구름 바람/ 어울어울 함께 살아요'는 단순한 조화를 넘어서 리듬 자체가 어울림으로 존재하게 하는 시구며 마치 합창단의 화음처럼 아름답게 들린다.

'가야금 오동나무 숨소리/ 봉황의 노란 춤사위'는 민속 악기와 전설의 새가 함께 춤추는 초 문화적 오케스트라를 초청해 놓은 것 같고 '어우렁더우렁'이라는 소리는 우리 한글이 아니면 표현할 수 없는 아름답고 고귀한 표현으로 저절로 어깨가 둥실둥실 춤추는 것 같은 느낌을 들게 한다.

국경과 시대를 넘는 이 시는 '자연과 인간 한 묶음 되어/ 기적

의 시간을 엮어가요'라고 속 후련하게 마무리한다. 자연과 인간
이 어우러진 교향곡으로 피부와 종교와 언어를 초월해 하나의 기
쁨으로 지구촌의 평화를 외치며 살 수 있는 환경을 만들자는 생
명의 대서사시다.

이 시가 115개국으로 날개가 아프도록 날아다니며 환경을 구
하리라 믿는다.

문 외 2편

이 진 진

스르르르르르르르르…
뱀 한 마리
흑점같은 긴음 풀어내는 소리
흙바람 다지며 병든 지구 횡단한다
소리 지난자리
파릉파릉 새싹이 돋았으면 좋겠어

스르르르르르르르…
뱀배 지나간 자리
물고기 폐사되기 전에
플랑크톤 풍부한 바다 되었으면 좋겠어

스르르르르르르르…
글 읽지 못해 장님으로 사는 백성위해
쉽게 배울 수 있는 한글 창제한 뜻 받드는
한글은 세계공용어 되기 위해 태어났다는 것
바람이 소문을 퍼나르면 좋겠어

스르르르르르르르…
한글 배우는 길보다

영어 배우는 길 더 많아 눈 감지 못하는 세종 위해
한글의 우수성 알리려 열리는 문
달을 먹은 산* 소설이
한글의 우수성 알리려 문 열고 있어

스르르르르르르르…
이 기나긴 시간 지난
이제야 눈 감을 수 있다고
염화미소 짓는 세종대왕

* 영주신문에 연재중인 이서빈 시인의 대하소설

소리 질러!

산책길 모퉁이에 맥문동 뽑히자
개미 나라 태풍 맞은 듯 초토화되었다

개미들 가느다란 허리로 우왕좌왕 정신을 못 차린다
개미는 이 사건을
자연재해라고 할까?
인재라고 할까?

굳은얼굴
이마에 내 천川자 그리고
슬픔이 개미들에게 바글거린다
그렁그렁 눈물바다 만든 사람들의 도발에 경고장 붙인다

우리도 생명인데 뭘 잘못했다고 파헤치고 죽여요
우리가 살아야 사람도 살아요
농약 살포하면 당신들도 죽는 걸 모르는
미련한 인사야

지구야
아프면 아프다고 소리를 질러

병은 소문을 내야 고친다고 했어

소리 질러!
제초제에 농약에 내 몸은 절단이 났다고
아프다고
죽어가고 있다고
소리 질러!

토룡土龍의 꿈

땅속에서 꿈틀거리던 하찮은 존재
곰이 마늘을 먹고 수행하여 사람이 되었다는 단군신화
곰곰 각을 연다

폭염 폭우 폭설 폭이 줄을 이어
숨 헐떡이는 지구
숨가쁜 통증 껍데기 벗기자
지신에게 엎드린 토룡土龍
용마산 폭포속으로 들어가
수신水神과 수신受信하며
수신修身하는 하나의 언어가 최초의 단어를 섭렵한다

나무들
뜬구름 좌절 복사하며
책갈피 뒤적여 폭포소리의 강한 힘과 지혜로 기회새 키운다
가장 위태로울 때에 세상을 구하는 기회새

불철주야 노심초사하니
기적의 문 열리고
바위경전에서 비늘이 돋아나고

오색구름 환경경전 세계에 널리 알리며

산 넘고 바다 건너 만방을 날아다니는 꿈을 꾼다

덴마크 철학자인 키에르 케고르(1813~1855)는 시인은 '심장에 깊은 고뇌를 감추고 있는 불행한 사람'이라고 말했다. 이진진 시인은 21세기 현대 시사의 환경적 국면에서 독보적인 생각으로 자연과 인간의 견인주의자 노릇을 하며 언어의 절차탁마切磋琢磨를 가감 없이 보여준다. 우리 인간들이 어떤 마음과 정신으로 살아야 하는지를 말하고 있다.

천 편의 시 만 편의 시가 물음과 대답 사이를 오간다고 해도 지구가 제 기능을 잃어버리고 신음하고 있다면 그보다 더 다급한 일이 있을까?

이진진 시인은 환경 시와 치열하게 싸우며 낯설고 장엄한 연주를 하고 있다.

「문」이란 시를 보면 '스르르르르르르르르…' 우리가 그토록 징그러워하고 사탄화하는 '뱀 한 마리/ 흑점같은 긴음 풀어내는 소리/ 흙바람 다지며 병든 지구 횡단한다'. 뱀은 온몸으로 걷기에 뚱뚱한 뱀은 존재하지 않는다. 욕심도 내지 않는다. 그런 뱀이 흑점같은 긴음을 풀어내며 병든 지구를 횡단한다는 구절은 한 편의 다큐멘터리를 보듯 선명하다. 그리고는 '스르르르르르르르…/ 글 읽지 못해 장님으로 사는 백성위해/ 쉽게 배울 수 있는 한글 창제한 뜻 받드는/ 한글은 세계공용어 되기 위해 태어났다는 것/ 바람이 소문을 퍼나르면 좋겠어'라고 단순한 수사가 아니라 욕망으로 가득 찬 인간들의 무모함을 자연과 문명을 대립적으로 설정하고 읽는 독자로 하여금 슬픔을 자아내게 한다. 물질적으로야 풍부하지만, 개발과 근대화라는 미명으로 치닫는 산업화의 심각한 폐해는 인간을 정신적으로 황폐화하게 만들어 가고 있다. 그러니 환경 경전을 쓰고 있는 우리 대한민국의 한글을 세계인들이 읽고 정신 좀 차리면 좋겠다는 독약 같은 말을 뱀을 빌려 말하고 있다.

그에 합당한 문구 '스르르르르르르르…/ 이 기나긴 시간 지난/ 이제야 눈 감을 수 있다고/ 염화미소 짓는 세종대왕'이라고 언어의 명징성과 객관성 숭고함까지 곁들여 세종대왕께 감사를 표하고 있다. 한글이 없었다면 경전을 쓸 수 없었기에 세종대왕께 이제야 염화미소를 짓게 한다고 시인은 자부심을 말하고 한글이 얼마나 위대한 글인가를 추앙推仰하고 있다.

시인이 얼마나 답답했으면 자연에 말한다.
'소리 질러!'라고. 속이 다 시원해진다.

'산책길 모퉁이에 맥문동 뽑히자/ 개미 나라 태풍 맞은 듯 초토화되었다// 개미들 가느다란 허리로 우왕좌왕 정신을 못 차린다/ 개미는 이 사건을/ 자연재해라고 할까?/ 인재라고 할까?' 인간에게는 맥문동이 관상용이거나 약용이거나 자신들의 이익을 위해 쓰이는 풀쯤으로 생각하지만, 개미들에게는 살아갈 터전을 잃어버리는 일이 된다. 아무리 미물이지만 지렁이도 밟으면 꿈틀하는데 개미들은 이진진 시인의 힘을 빌려 용기를 내어 까맣게 모여들어 소리 지른다.

'우리도 생명인데 뭘 잘못했다고 파헤치고 죽여요/ 우리가 살아야 사람도 살아요/ 농약 살포하면 당신들도 죽는 걸 모르는/ 미련한 인사야'라고 외치는데 그치지 않고 지구에게도 '지구야/ 아프면 아프다고 소리를 질러/ 병은 소문을 내야 고친다고 했어// 소리 질러!/ 제초제에 농약에 내 몸은 절단이 났다고/ 아프다고/ 죽어가고 있다고/ 소리 질러!'라고 말한다. 이 한 편의 시가 개미에게도 지구에 사는 모든 살아있는 생명에게도 용기를 가지고 인간들에게 소리지를 용기를 준다.

인간들의 무심한 내면을 일깨우고 자극을 주어 우리를 살게 해주는 자연에게 용기를 주고 있다.

자연은 인간의 몸이다. 자연이 건강해야 인간도 건강해 짐을 각성하라는 외침이다.

'지구여 힘들면 소리 질러!'

「토룡土龍의 꿈」은 땅속의 원형적 존재론을 말하고 있다.

단순한 지렁이나 땅속에 꾸물거리는 벌레가 아니라 지구의 심장 땅의 신성 생명의 원형적 씨앗임을 강조하며 잘 보이지 않고 하찮아 보이는 토룡이 결국 환경 구원의 핵심 주체라고 말하며 작은 생명에게도 존엄을 표하는 생태 철학을 갈파하는 시다.

'땅속에서 꿈틀거리던 하찮은 존재/ 곰이 마늘을 먹고 수행하여 사람이 되었다는 단군신화/ 곰곰 각을 연다'. 단군신화 속에서 곰은 마늘과 쑥을 먹고 결국 인간이 된다. 이에 빗대어 시인은 토룡 역시 수행과 변신을 통해 새로운 존재로 태어나기 위한 준

비일 뿐이라고 말하고 있다.

쑥과 마늘 역시 자연에서 자란 것이며 그것으로 식물적인 치유이자 삶의 목숨줄이기에 신화가 단순한 옛날이야기가 아니라 잘 새겨 읽으라고 경고의 메시지를 보내고 있다. 작금의 지구 생태 위기의 탈출할 방법을 은유하는 것이다.

'폭염 폭우 폭설 폭이 줄을 이어/ 숨 헐떡이는 지구/ 숨가쁜 통증 껍데기 벗기자/ 지신에게 엎드린 토룡土龍/ 용마산 폭포속으로 들어가/ 수신水神과 수신受信하며/ 수신修身하는 하나의 언어가 최초의 단어를 섭렵한다'라고 현대 산업 문명이 만들어낸 기후 재난을 압축된 은유로 잘 표현하고 있다.

지구가 숨을 헐떡이면 인간도 숨을 헐떡이듯 토룡이 지신에게 엎드리면 인간도 겸허하게 자연에게 엎드려야 함을 말하고 있다.

시인은 아주 정교한 시적 장치로 물의 신이자 생명의 근원인 수신水神을 불러들이고 자연의 소리를 경청하고 정중하게 무릎 꿇고 받아들이라는 수신受信을 가르치고 몸과 마음을 닦아 윤리적으로 실천을 해야 한다는 수신修身을 환경 시의 담론으로 설정하고 있다. 세계 최고의 단어는 생태적 단어이고 세계 최고의 경전은 환경 경전이라고 자신 있게 말하고 있다.

'나무들/ 뜬구름 좌절 복사하며/ 책갈피 뒤적여 폭포소리의 강한 힘과 지혜로 기회새 키운다/ 가장 위태로울 때에 세상을 구하는 기회새' 참으로 다행스럽다. 위태로운 순간에 세상을 구하는 기회새에 마지막 생태계 복원 가능성을 걸며 쓴 이 시는 단순한 희망이 아니라 지속가능성의 상징이다. 아마도 이건 우리 '남과 다른 시 쓰기' 동인들이 쓰고 있는 환경 경전을 이미지화한 것이다. 바로 다음 연을 보면 알 수 있다.

'불철주야 노심초사하니/ 기적의 문 열리고/ 바위경전에서 비늘이 돋아나고/ 오색구름 환경경전 세계에 널리 알리며/ 산 넘고 바다 건너 만방을 날아다니는 꿈을 꾼다'

이 환경경전이 세계로 널리 알려지며 아무리 험한 산과 아무리 깊은 바다라도 무사히 건너 인류에게 주어진 마지막 생태적 타임라인을 상징하는 경고를 담은 시다.

바위경전에서 돋아난 비늘은 토룡이 용으로 거듭나는 순간인 동시에 지구의 생명 네트워크가 다시 활력을 얻어 오색구름을 타고 환경경전이 전 세계적으로 확산하며 새로운 문명의 패러다임으로서의 생태 경전을 선언하고 있다.

환경경전을 쓰는 남다시 만세! 세종대왕 만세! 대한민국 만세! 전 지구 만세!

3부

쉿! 새싹에게 열리는 소리 외 2편

글 빛 나

쉬!
쉬잇!

새싹 돋는 소리에 깜짝 놀란 바람

흙을 들어올리며 태어나는 새싹의 푸른소리에
우주가 쩍쩍 갈라지는 중이다

시시각각
땅속에서 기다려도
혼절없이 헛소리만 날리다 가버리던 봄잎

초록이 다 자라도록
사람들 발에 밟히지 않기를
보도블록 틈에서
간절히 빌고 있는 저
처연

계절을 빗어내리는 달빛
한 장 넘길 때마다

벌레 먹은 나뭇가지 같은 말
연습도 없이 살아가는 엉덩이 빨간 지구 토닥였다

덜컹덜컹 그네 타는 바람
밤은 또 다른 씨앗을 잉태하고

엉성한 봄그늘 여무는 소리
쉬잇!
쉬!

경전 제조기

조용히 피는 '사상의 꽃'
향기가 세상을 푸르게 했으면 좋겠어

자연과 인간은 한몸인데
인간은 자신의 몸을 끊임없이 괴롭혔어

덜컥, 서늘해진 남과 다른 시 쓰기는 근심이 내려앉아 경전을
썼어
'숲발전소'를 돌리고
'새소리카페'를 차리고
'숲 키우는 청설모'는 '하늘로 간 북극곰'을 만나러 나무위를 오
르내리고
바다거북이 보며
'해바라기꽃 필무렵'
나무비가 내리면 바그마티강 범람할까?
신대합실에 모여
이대로 가다간 지구 떠나야 한다고 소리치며
'지구 해열제' 찾아 돌돌
세계로 세계로 날아다녀
드디어

함께 울컥하는 경전

살아있어도 이미 죽고
죽어 있어도 영원히 살아있는 꽃

허름한 저녁
'길이의 슬픔' 경전 제조기를 돌리다
뜨겁게 달구어진 흙의 입김에
숨이 헉, 찬다

초록생각

꽃향기가 땅에 떨어져 나뒹굴고 있다

여름비 같은 소나기 쏟아져
꽃잎들 목을 눌렀다

향기울음은 순간에 한 생을 다 마치고
땅밑으로 다 스며들고

보도블록 틈에 태어난 초록생각
왜 나는 이런 곳에 태어났나?
불만을 키웠는데
소나기를 막아주는 보도블록
그 조그만 몸을 흔들었다

우주가 휘청, 휘었다

빛을 멈추거나 소리를 멈추거나 색을 멈춘 것들은 질량이 있을까? 궁금할 때가 있다. 다시 말하면 죽음 이후의 삶에도 빛과 소리나 색이 있을까? 라는 질문과 같은 것이다. 아무도 가보지 않았기 때문에 아무도 명확한 답을 내려주지 않는 질문이기에 더욱 암담하게 궁금해지는 때가 있다. 그럴 때는 인간이 아닌 자연의 초목에게 가끔 그 답을 구해 보기도 한다. 글빛나 시인의 「쉿! 새싹에게 열리는 소리」를 읽다가 보면 어쩌면 그 답을 얻을 것 같은 희망을 품기도 한다.

자연의 미세한 움직임을 소리로 포착하는 아주 섬세한 감각인 동시에 생명 탄생의 떨림이 느껴지기 때문이다. 짧고 강한 '쉬!'라는 명령형이 시의 긴장과 생명 탄생의 경이로움을 동시에 붙잡고 있어서, 인간의 언어로 자연의 탄생을 멈춰서 듣게 하는 역할을 한다. 세종대왕께서 하늘나라에서 '그래그래 잘한다 잘한다'하고 시인의 어깨를 토닥이면서 흐뭇해할 것 같은 착각이 든다. '새싹 돋는 소리', '흙을 들어 올리며 태어나는 푸른 소리'처럼 탁월한 청각적 이미지를 잘 구사하며 독자가 가슴을 뛰게하고 있다.

또 '우주가 쩍쩍 갈라지는 중이다'는 미시적인 새싹과 거시적인 우주를 하나의 리듬으로 엮어 우주적 상상력을 강렬함과 미세함으로 나타내고 있다.

'보도블록 틈에서 간절히 빌고 있는 저 처연' 얼마나 아련하고 처연한 문구인가? 여기서 시는 자연의 생명과 도시 문명의 대립, 생명에 대한 연민으로 깊어지다가 마지막 '엉성한 봄그늘 여무는 소리/ 쉬잇! 쉬!'로 처음과 끝이 대칭되게 썼다. 이는 생명의 숨결이 순환 구조로 마감되는 단순한 침묵으로부터 생명의 탄생 앞에 경외감을 일으키게 한다.

'덜컹덜컹 그네 타는 바람/ 밤은 또 다른 씨앗을 잉태하고' 보이지 않는 바람은 사람을 이승에서 저승으로 왔다 갔다 그네를 타면서 실어나르며 또 다른 씨앗을 잉태하고 있는 생명 근원을 다룬 시다. 이 시를 읽다 보면 봄 냄새와 흙냄새와 달빛의 떨림이 함께 비밀스러운 정원을 만드는 듯한 느낌이 든다. 위대한 창조적 영혼과 심미적 세상으로 독자들을 안내하고 있다.

시는 보이지 않는 것을 끌어내어 보이게 하는 것이다. 그 사이를 잇는 것이 시의 말이다. 그것은 존재와 비존재 사이의 울림이 아니라 보이는 존재와 보이지 않는 존재 사이의 떨림이다. 없는 것 공空을 끌어내어 있게 만드는 색色의 방식으로 인연을 이어주는 역할을 하는 것이 시인이다,
그렇게 전혀 예상 밖의 결과가 빚은 모순이나 부조화 즉, 아이러니와 패러독스로 그 언어를 뒤집어엎는 것이 시다. 말과 사물에 대한 새로운 깊이와 새로운 시선과 새로운 방법으로서 보아내어 얼마나 잘 이미지화 시키느냐 못 시키느냐가 시를 잘 쓰느냐 못 쓰느냐로 갈라지는 것이다. 글빛나 시인의 다음 시 「경전 제조

기」를 보자.

 '자연과 인간은 한몸인데/ 인간은 자신의 몸을 끊임없이 괴롭혔어// 덜컥, 서늘해진 남과 다른 시 쓰기는 근심이 내려앉아 경전을 썼어' 이 촌철살인 같은 한 마디면 아마도 더는 쓸 말이 없어질 것 같다. 환경 시가 아닌 경전을 썼다는 말, 독자들의 눈길을 끌기에 충분한 문구다. 경전이란 '변하지 않는 법식과 도리, 성인聖人이 지은 글, 또는 성인의 말이나 행실을 적은 글'을 말한다. 지금 자연재해가 끊이지 않고 전염병들이 창궐하고 세계적 재앙을 불러일으키는 이때 이 환경 경전보다 더 대단한 경전이 있을까 싶다. 인간이 살아야 법식과 도리 성인의 말을 따르고 배울 수 있기 때문이다. 그렇게 자연이 '숲발전소'를 돌리고/ '새소리카페'를 차리고/ '숲 키우는 청설모'는 '하늘로 간 북극곰'을 만나러 나무위를 오르내리고/ 바다거북이 보며/ '해바라기꽃 필무렵'/ 나무비가 내리면 바그마티강 범람할까/ 신대합실에 모여/ 이대로 가다간 지구 떠나야 한다고 소리치며/ '지구 해열제' 찾아 돌돌/ 세계로 세계로 날아다녀/ 드디어/ 함께 울컥하는 경전'이야 말로 21세기에 가장 시급하게 읽어야 할 경전이라 생각한다.
 시인은 '허름한 저녁/ '길이의 슬픔' 경전 제조기를 돌리다/ 뜨겁게 달구어진 흙의 입김에/ 숨이 헉, 찬다'. 시를 쓰는 시간에도 숨이 차는 더위를 식힐 환경 경전을 전 인류가 읽어 지구가 푸르게 살아나길 기도해본다.
 다음 시「초록생각」을 읽어보자.
 '꽃향기가 땅에 떨어져 나뒹굴고 있다' 꽃향기는 공중을 날아다니다가 흩어지는 비물질적 존재다. 그러나 글빛나 시인은 향기를 중력의 세계로 끌어내려 땅에서 나뒹굴게 하는 감각이 탁월한 구절이다. 보이지도 만져지지도 않는 향기가 물질화되어 나뒹구는 존재로 전환되는 순간, 생명은 이미 죽음의 경계에 서 있다. 동시에 그 향기는 여전히 삶의 잔향으로 남아 있다. 시의 첫 문장에서 이미 이 모순적 감각이 완벽히 포착되어 있다.

'여름비 같은 소나기 쏟아져/ 꽃잎들 목을 눌렀다'. 자연의 리듬은 언제나 생명을 일으키는 동시에 짓누른다. 목을 누른다는 것은 물리적 폭력의 이미지지만 그것이 여름비이기에 생명을 죽이기도 하고 태어나기도 한다는 순환의 시작점을 한 문장 안에 동시에 생의 아름다움과 무상함 그리고 생성과 폭력의 이중성을 압축해 놓은 철학적 문장이다.

'보도블록 틈에 태어난 초록생각/ 왜 나는 이런 곳에 태어났나/ 불만을 키웠는데/ 소나기를 막아주는 보도블록/ 그 조그만 몸을 흔들었다// 우주가 휘청, 휘었다'
왜 나는 이런 곳에 태어났냐는 질문은 식물만의 단순한 독백이 아니라 존재의식의 형이상학적 진술이다. 인간 내면에 이런 생각이 있었기에 이 작은 식물의 목소리로 투시된 것이다. 인간 모두가 한 번쯤은 생각해봄 직한 생각을 식물에게 대신 물어봐 주는 시구다. 그리고 불만을 비춘다는 것은 성장의 동력을 말하는 반어법으로 보인다. 아이러니하게도 불만은 생명의 또 다른 에너지기 때문이다.

아무리 작은 생명일지라도 하나의 작은 우주이다. 마지막 한 줄, 우주가 휘청, 휘었다는 것은 우주의 모든 생명체를 말한다. 따라서 환경이 죽으면 그 많은 작은 우주들이 모두 죽고 만다는 거대한 우주적 울림을 확장시키는 메시지다.

함께 외 2편

최 이 근

함께라는 말에는
다정과 소중이 손잡고 살아요

즐거움 웃음
올올한 기상 아우르며 고울고울 살아요

모난돌 정 맞지 않게
튀어나온 돌 발끝에 채이기 전에
치워주고 곁을 지켜줍니다

주장이 강한
벽 쌓고 갈등넝쿨을 베어내고
마음 상하지 않게
고운꽃 심어요

어둠 지나 새벽오고
꽃샘추위 겪어야 봄이 오고
산고 치러야 새생명 태어나듯
모든 것 나로 나를 다스려 함께 해요

>
거칠고 사나운 말
성품도 거칠고 자세도 사나워
나무도 바람과 맞서면 부러진다는 이치 배워요

푸르른지구 향해
함께, 손잡고 나아갑니다

지켜야 해요

뿌리 흔들리면
존재감이 상실되고
철학이 개똥에 편입돼요

필연에 얽힌 숙명
개똥철학으로 난관을 극복
불어오는 바람 휘파람 만들어요

벌레도 새들도
조물주에 선택된 운명

온난화에 변이
진딧물처럼 달라붙자
절박페달 굴려요

청정한
안장을 얹고 길마를 얹고
환경을 대변하는 시인

무한한 가능성의 잠재

질적 존재의 우수한 원형
무의식속에 수위 높아져 갑니다

거짓 없는 참신한 환경
성찰하고 관찰하고 통찰하는
남과 다른 시 쓰는 동인은 자연입니다

상제나비

상제나비 팔랑팔랑 술을 마신다
꼬불꼬불 꼬리치는 향불 사라지고

넓지도 좁지도 않은 무덤
회계 염송하고 구름을 닦아낸다
무덤을 떠나지 못하고
바람소리 천둥소리 비바람 견디는 나비

춤을 멈추는 일은
무덤을 의미하는 일
점점 풀어지는 춤사위
운판 흔들며 무덤으로 걸어 들어간다

날갯짓은
또 어느 곳으로 가서 다시 날아다닐지
기별 없이 찾아가도 문 열어줄 산천 있을까?

바위기도가
구름보다 더 먼 도솔천에 꽃으로 핀다
독경소리 천천히 가라앉고 바람이 읊는 아미타경

구름이 부음을 전한다

상제나비 상제가 되었다고

 '함께라는 말에는' 한데 어우러져 서로 관심을 가질 때 '다정과 소중이 손잡고' 산다고 하였다. 같은 길을 걷는 이들이라면 걷는 속도가 비슷할 것이며 같은 쪽을 바라보고 있으니 동행한다는 것을 인식할 수 있다. 막막하고 두려운 혼자가 아니기에 '아우르며 고울고울 살아'가며 '돌 발끝에 채이기 전에/ 치워주고 곁을 지켜'준다고 한다. 이 얼마나 보기 좋은 공생이고 서로 믿고 도와서 더불어 존재하는 공존이란 말인가?

 볼프 예를 브루흐의 「내가 함께 있을게」에서 인간이 근원적 불안 속에 빠져있을 때 삶에 대한 깊은 자각으로 타인을 더 선명하게 느끼는 계기로 전환될 수 있음을 보여준다. 함께 가는 우리는 더욱 인간적이 되어 자유롭고 책임감 있게 오늘을 살아갈 용기를 얻게 된다. '벽 쌓고 갈등 넝쿨 베어내'는 삶은 나를 잃어버리고 영원한 타인으로 존재하게 되기에 외로움을 느끼기 전에 '마음 상하지 않게/ 고운꽃 심'어야 한다. 우리라는 말속에는 즐겁고 행복한 삶이 들어있어 그들을 하나로 묶어준 것은 나무와 바람이고 또 붉게 물든 해와 달이 동행했기 때문이다.
 언어의 사나움과 자세의 사나움이 만나면, 언어는 영혼이 되고 자세는 육체가 되어 더욱더 사나워진다. 긴장과 대립 관계가 되어 부러지면 우주의 소멸로 확대되기에 끊임없는 반성과 성찰로 '나를 다스려 함께' 가자고 하는 것이다. 이 인문주의는 모든 생명을 끌어안는 만물의 영장만이 할 수가 있다. 다른 종들과 함께 살아가는 지구는 함께 사는 곳이다. 그래서 인류의 후손과 다른 동식물의 후손들에게 있는 그대로 물려줘야 하기에 상호공존하는 것이다.

같은 공간 안에서 같은 빛을 받아 같은 온도 되어 시선을 주고받으며 닮아가기에 '푸르른 지구를 향해' 한마음 한몸으로 같은 속도를 유지하며 '함께, 손잡고 나아' 간다는 시구는 생각하고 판단하는 능력까지 화목하게 어울려 간다는 뜻이다.

사랑과 신뢰 속에 사는「함께」는 우리의 역사이면서 자연의 역사이기에 미지로 굽이치며 과거를 떠나보내고 미래가 되기를 허락하는 것이다.

살아가려면 어떤 자격을 갖추고 무엇을 지켜야 하는지 다음 시「지켜야 해요」를 들여다보자. '뿌리 흔들리면/ 존재감이 상실되'는 것은 관찰의 힘을 말하는 것이고 '철학이 개똥에 편입해요'는 성찰의 중요성을 말하고 있다. 어떤 사물을 주의 깊게 살펴보며 인과관계를 밝혀낸다는 것은 원인과 결과를 지배하는 근본원리이며 약속이고 심행처멸心行處滅의 단계로 가는 길이기에 삶과 세계를 아우르는 생명 경외의 경지에 다다름을 말한다. 어렵고 힘들 때도 '필연에 얽힌 숙명'으로 서로서로의 등을 두드려 주어야 하고 '조물주에 선택된 운명'이기에 '벌레도 새들도' 잃지 않도록 우리는 굳건히 지켜야 한다.

'진딧물처럼 달라붙'는 장애물은 생성보다는 소멸을 거듭하고 있기에 그 목표를 이루기가 점점 어려워진다. 영겁회귀의 역사는 힘찬 수레바퀴로 우리가 모두 힘을 모아 '절박폐달 굴려'서 이 난관을 극복해 나가지 않으면 안 된다. 안장은 상징의 청정함이 되고 길마도 시인의 상징이 되기에 일련의 형상 또는 기호를 통해 상징체계를 구축하는 이 시에서 삶의 에너지가 느껴지는 것은 왜일까?

'환경을 대변하는 시인'의 목소리가 좌절과 상실감 때문에 규율을 무시하고 목청만 잔뜩 높이게 되면 대자보나 목회자의 설교와 다를 바 없다. 그러나 시인의 시는 사유가 살아 퍼덕이는 작품이기에 잘 지키고 있는가? 라는 질문 속에 반성과 성찰의 힘이 들어있다.

스티븐슨의 단편소설 「지킬박사와 하이드」에서 인간의 몸에 선과 악, 두 가지 본능이 있다는 가설을 내세워 인간의 이중성을 풍자하고 비판하였다. 박사Dr와 씨 Mr를 대비시켜 사회적인 명망을 갖춘 자와 그렇지 못한 사람 사이의 대비 효과를 노린 것이다. 골키퍼는 골문을 꼭 지켜야 하듯이 한 번 약속을 하면 지켜야 한다. 우리의 생명과 같은 환경을 지키기 위해서는 우리 모두의 참여가 절실히 필요하다. 그래서 '남과 다른 시 쓰는 동인은 자연'을 지키려 환경 시를 쓰고 있는 것이다, 철학적인 지식으로 목표를 정하고 세종대왕이 만드신 한글의 힘으로 용기를 가지고 영어가 아닌 한글이 세계의 공용어가 되는 것이 실천의 꽃이고 열매이기 때문이다.

다음 시는 고귀한 순백의 옷을 입은 「상제나비」이다. 백의민족인 우리가 보아도 고귀하기만 한 날갯짓을 잘 탐구해보자. '넓지도 좁지도 않은 무덤' 앞에서 차마 발길을 떼지 못하고 '회계 염송하고 구름을 닦아'내며 흐느끼며 몸부림친다.

　부모나 조부모가 세상을 떠나 상중에 있던 사람은 곡하던 것을 그친 후에도 슬픔을 감추지 못하기에 '무덤을 떠나지 못하고/ 바람소리 천둥소리 비바람 견'딘다. 그런데 나비목 흰나빗과에 속한 곤충이고 몸빛은 검은데 회백색 털이 나 있어 희게 보이는 나비도 같이 견디고 있다고 한다. 감정을 겉으로 드러내지 않는 무덤이 시적 풍경의 주조를 이룬다. '춤을 멈추는 일'도 무덤이고 '점점 풀어지는 춤사위'도 무덤의 일이다. 날상제는 아직 초상을 다 치르지 않았기에 '날갯짓은 또 어느 곳으로 가서 다시 날아다닐지'라고 한다. 매장문화가 점점 화장으로 바뀌면서 무덤덤하게 사라져 가는 무덤은 단순한 소멸이 아니라 윤회의 한 과정인 것이다. 해탈과 깨달음으로 나아가는 지속적인 물음을 통해 고독한 자신의 실존을 증명해 나가야 하는 '바위기도'가 덕을 많이 쌓은 사람이나 널리 복업을 쌓은 사람만 태어날 수 있는 '도솔천에' 핀 꽃이 되었다고 한다. 멀리서 은은히 들려오는 스님들의 독경소리와 개울의 물소리가 화음을 이루듯 '바람이 읊는 아미타경'을 듣고 있노라면 또 한 사람이 죽었음을 알리는 기별이 온다. 상제께서는 구름 모양으로 그 사건이 일어날 것을 계시하기 때문에 '구름이 부음을 전한다'라고 한다. 첫 행은 '상제나비 팔랑팔랑 술을 마신다'이고 마지막 행에서는 '상제나비 상제가 되었다고'이다. 상제는 세상을 창조하고 주재하는 초자연적인 절대자이다. 상제와 꿈에 본 흰나비가 상제가 되듯이 상제나비의 이미지를 형상화하여 무상함을 성찰하며 여전히 우리에게 삶과 죽음의 본질을 묻고 있는 것이다.

온갖 비바람을 다 받아들이고 천길 벼랑 끝에 몰린 삶이 더 아름답고 눈부실 때가 있다. 아니 인간은 천 길 낭떠러지에서 하루하루 살아가고 있는지도 모른다. 내일이 어떻게 될지 아는 사람은 아무도 없기 때문이다.

타인의 말과 사유를 받아들일 수 있는 독서를 통해 정립해 놓은 인성으로 인간과 神 사이를 잇는 무지갯빛 다리인 시인은 열림이고 문이고 입구이다. 시인은 힐끗 본 섬광에 지나지 않는 시어를 꼭 붙잡아 나를 밀어내고 도道가 나로 바뀔 때까지 계산을 모르는 가슴으로 미지의 소리를 듣기 시작하여 존재의 깊이를, 우주의 신비를 시인의 詩에 안착해 놓았다는 것을 알 수가 있다.

상제나비 고운점박이 큰수리팔랑나비 등 한국에서는 268종이 서식하고 있다. 아름다운 곤충의 대명사인 나비, 독보적으로 효율 높은 비행 능력을 갖추고 있는 최이근 시인이 특유의 아름다운 날개로 세상을 훨훨 날아다니는 제왕나비가 되기를 기원해본다.

누가 외 2편

권 택 용

폭염 해마다
신기록 세우고

장대비 쏟아져
물바다 만들고

불은 불대로
물은 물대로
바람은 바람대로
제각기 힘자랑

나무는 나무끼리
산을 지키고

물고기는 끼리끼리
강과 바다 지키고

사람은 사람끼리
지구를 지키고

>

뜨거워진 지구는
누가 식히나?

무안 황토 갯벌

검은비단 좌악 깔린
세계적인 갯벌

람사르 습지로 지정된 갯벌
황토흙은 누구에게나 아낌없이 품을 내준다
가을이 익어가는 땅

흰발농게와 다양한 생물군
그 장엄한 바스락거림

동해에는 깊고푸른물빛 여물어가고
서해에는 갯벌과 섬이 수런거린다

세계적인 기후위기속에서
건강 미용의식 푸르기만 해

황토갯벌 찾은 사람들
몸도 마음도 푸르게 물들 수 있을까?

세월이 흘러 나이가 들어도

나날이 생생해져가는 약이 있다면 온판

의욕 저절로 여름더위보다 펄펄 끓을텐데

바람도 스리슬쩍 팔장을 끼고 가는 무안황토 갯벌

무거운 소리

밤새 아름드리 소나무
허리가 부러졌다

늘 푸르고 바늘처럼
빽빽하고 무성했던 시간
무거움이 가벼움이 되어 사라지는
역설
난데없는 시간은 푸르름을 휘감아 그늘마저

다 삼킨다

밤새 안녕이란 말 부러뜨린 소나무

까치 멧새 딱새 곤줄배기
모두 문상 중

무거운 소리는 너무 성급했다

「누가」는 '누구가'가 줄어든 말이다. 막연하거나 잘 모르거나 문맥상 굳이 필요가 없는 등의 사유가 있을 때 구체화하지 않고 사람을 가리킬 때 쓰는 인칭 대명사이다. 모르는 대상, 모호한 개관의 사물 말고도 문맥상 굳이 구체화할 필요가 없는 인물을 말할 때 사용한다. '폭염은 해마다/ 신기록 세우고' '장대비 쏟아져/ 물바다'가 되었는데 누가 홍이야 항이야 하랴 처럼 내 것을 내 마음대로 하는데 누가 감히 간섭하겠냐는 일상의 무관심으로 인해 환경오염의 진실을 마주하게 된 것이다.

'불은 불대로/ 물은 물대로/ 바람은 바람대로/ 제각기 힘자랑' 할 때도 '밤새도록 울다가 누가 죽었'는 지도 모른다는 말대로 시는 마음이 흘러가는 것을 적은 것이라고 했기에 책임 전가의 대상이 되어버린 지구를 보면서 시인은 시로 표현하지 않을 수가 없었을 것이다. 나무의 본질적인 속성을 통해 우리 삶의 태도를 되돌아보게 하는 '나무는 나무끼리/ 산을 지키고'를 보면 나무가 보여주는 묵묵한 인내와 성장의 지혜는 복잡한 세상 속에서 무분별한 소비와 폐기물 증가로 쓰레기로 변해가고 있는, 길을 잃은 인간들을 보면서 나무들끼리라도 산을 지킬 수밖에 없는 환경을 만들어 준 것이다. 집착하던 것을 미련 없이 내려놓아야 더 나은 환경을 이룰 수 있다는 것을 잎을 떨구며 비워내는 나무의 지혜를 보며 배워야 한다.

우리가 무심코 지나쳤던 일상의 선택들 때문에 병이 들어 신음하고 있는데 '사람은 사람끼리/ 지구를 지'킨다고 하였다. 두꺼비 씨름 누가 질지 누가 이길지, 서로 우열을 다투고 있지만, 지구와 인간이 싸우면 자연을 파괴한 대가로 사악한 악마가 되어 미래의 희망을 짓밟아 버리게 된다.

지구온난화는 누가 되고 있는 상황에 '뜨거워진 지구' 누가 세우고 만들고 지키고 식힐 것인가? 라는 물음에, 사실 따지고 보면 누가 이 펄펄 끓는 지구를 식힐 수 있다는 말인가? 구원의 손길도 미치지 못하는 고통과 재앙을 생각하면 두려움이 앞선다. '누가 아직 안 왔어' '누가 너한테 이걸 전해주라고 하더라'처럼 문장 안에서 주어로 쓰이는 「누가」는 시의 효용성 면에서 보면 문재도론文載道論에 해당하기에 시는 도를 실현하는 수단으로 오늘날로 본다면 문학의 교훈성에 해당한다고 볼 수가 있는 것이다.

다음 시 「무안 황토 갯벌」에 상념 벗고 사색의 맨발로 들어가보자, 갯벌은 바닷물이 드나드는 모래톱, 또는 그 주변의 넓은 땅을 말한다. 어부에게는 삶의 터전이기도 하다. 갯벌 너머에서 놀고 있는 까치놀이 사라지기 전에 '검은비단 좌악 깔린/ 세계적인 갯벌'에서 놀고 싶다. '황토흙은 누구에게나 아낌없이 품을 내'주는 가을바람, 싸늘한 무거움으로 다가와 성숙의 열매를 맺기 시작하기에 '가을이 익어가는 땅'이 된다. 무안 생태 갯벌센터는 습지 환경과 갯벌의 중요성을 배울 수 있는 국내 최대의 자연 생태 학습장으로 소문이 나 있다. 발끝이 갯벌에 닿는 순간 땅과 바다가 동시에 살아 움직인다. 바닷물이 빠져나간 갯벌에는 군데군데 게집이 있고 구멍 옆엔 동글동글한 모래들이 모여있어 '흰발농게와 다양한 생물군/ 그 장엄한 바스락거림'은 게 조개 작은 물고기와 만나는 순간일 것이다.

시인의 시를 읽다 보면 손가락이 동상에 걸려도 책을 놓지 않았던, 조선 최고의 독서광이었던 이덕무가 생각이 난다. 얼어붙은 방에서 한서를 이불 삼아 논어로 문틈을 막으며 책만 바라보던 사람이었다. 「추풍사」 삼장 중 3장에 '갯벌은 가을에 놀랐는지, 나뭇잎을 떨구는데'가 나온다. 「무안 황토 갯벌」은 사소한 일상에서 발견하는 아름다움의 가치를 중요하게 생각하는 이덕무의 가치관과 같음을 알 수가 있다.

에메랄드빛에서 코발트 빛까지 막힘없이 탁 트인 수평선 너머로 뻗은 풍경과 바닷바람 맞으며 여유로운 한나절 보내기 좋은 넓은 백사장이 있어 활기찬 청춘의 이미지인 '동해에는 깊고 푸른물빛 여물어가고/ 서해에는 갯벌과 섬이 수런거린다'라고 하듯이 서해는 잔잔함과 석양이 잘 어우러져 하늘과 바다가 주황빛으로 물들면 감성에 푹 빠질 수 있는 힐링 카페와 해산물 먹거리가 풍성해 여유와 낭만이 가득한 공간이 될 수밖에 없다.

'의욕'은 '여름 더위보다 펄펄 끓'고 오염과 무분별한 간척으로 굴이나 꼬막 등 조개류의 수확은 줄어들고 있지만, 일몰명소인 이곳은 무안무안 색을 내며 관광객을 맞이한다. 썰물로 드러난 갯벌 사이의 길을 따라 섬까지 걸어가면 '바람도 스리슬쩍 팔짱을 끼고 가'고 있다. 인생을 살찌게 하는 많은 체험을 하라는 말도 있지만, 사색과 성찰, 회한을 불러일으키는 '세계적인 기후 위기 속에서' 느낄 수 있는 철학적 의미는 '몸도 마음도 푸르게 물들 수 있을까'라는 문구에서 이 세상 그 어느 것도 영원할 수 없다는 것을 깨닫게 된다.

다음 시 「무거운 소리」를 읽으면서 무거움이란 무엇인가를 생각하게 한다. 무거움이란 뜻은 무게가 나가는 정도가 크다는 뜻도 있지만, 비중이나 책임 따위가 중대하다. 또는 힘이 빠져 움직이기 힘들다는 뜻도 들어 있다. '밤새 아름드리 소나무/ 허리가 부러졌다' 기록적인 폭설로, 잎이 단단하고 손을 벌린 형태의 가지로 이뤄진 소나무가 물기를 잔뜩 머금은 탓에 속수무책으로 피해를 보았다. 어른 서너 명이 매달려도 끄떡없어 보였는데 '난데없는 시간이 푸르름 휘감아' 꺾어서 부러지게 한 것이다. 휘몰아치는 강풍에도, 인간의 뒤끝이 작렬할 때에도 휘청거린다. 잔인한 폭거를 피하지 못해 상처 입어 약해진 가지가 버티어내지 못했기 때문이다. '빽빽하고 무성했던 시간/ 무거움이 가벼움 되어 사라지는 역설'을 가만히 들여다보면 노자 도덕경 제26장에서 '무거움은 가벼움의 뿌리다'라고 말한 것이 생각난다. 움직이지 못하고 한자리에서 더 깊이 땅속으로 내려가는 뿌리, 마음 둘레가 큰 나무는 오래된 나무이다. 정신과 육체의 실존이 있는 음양오행으로 차 있기에 무거울 수밖에 없는 나무는 어떤 바람에도 굳건히 서서, 뿌리로 땅을 움켜쥐고 흔들리지 않고 있다는 것이다.

　니체의 무거움과 쿤데라의 가벼움을 자세하게 살펴보면 현재의 선택과 행동은 미래에 영향을 끼치므로 자신의 감정에만 충실해서 사는 게 아닌 관계 속에서 책임감 있게 행동해야 함을 강조한다. 무겁다고 말하면 상대는 졸지에 가볍다고 생각하기에 '무거움이 가벼움 되어 사라지는 역설'은 결국 다르게 해석되는 같은 무게의 양면일지도 모른다. 시적 화자는 직접 언급하지 않았지만 '까치 멧새 딱새 곤줄배기/ 모두 문상 중'이라는 시구가 은폐된 자연환경을 아주 자연스럽게 폭로하고 있음을 증명해준다.

　'무거운 소리'가 '너무 성급했다'라는 것에 초점을 맞춘 것은 무엇 때문일까? 생명 존중의 반대 방향으로 흘러가고 있는 세상을 날카로운 관찰력으로 진실을 발견하고 성찰, 통찰력으로 시상을 전개하였다. 또한, 폭넓은 정신적 토양이 뒷받침된 시인은 힘든 생존조건 속에서 희생되어 가고 있는 상황을 지켜주지 못하고 방치하듯 보기만 하는 인간의, 자신의 무능력에 너무 성급했다고 함축한 것이 아닐까? 시인은 아침에 자연을 지키면 저녁에 죽어도 좋다는 신념으로 환경 시를 쓰고 있기에 설득력을 지니고 있는 것이다.

　'항상 깨어 있어라, 사색을 넘어 몽상으로까지 가야 한다'라는 바슐라르의 말대로 언젠가 피어나는 삶이 아니라 '지금' 피어나는 것이 나를 깨우는 일이고, 깨어 있는 사람만이 자기 몫을 제대로 할 수 있다고 한다. 삶의 질을 높이기 위해 끝없는 노력을 한다는 형이상학적인 명제를 가지고 단순히 환경에 대한 상상력을 분석하는데 그치지 않고 새로운 의미와 진실의 가치를 재발견하게 하는 중요한 전환점이 되도록 독자를 깨우치고 있다.

시는 사실을 뛰어넘는 상상의 결합체이다. 서두르면 놓치고 무리하면 부러진다는 철학을 담아 땅을 나무를, 냄새와 소리로 읽고 있다. 영감만으로 쓸 수 없는 시이기에 감각과 무의식을 자극해가며 개인의 이익이 아닌 지구의 이익을 위한 길로 걸어가고 있다. 환경은 모든 사람을 불러모으고 환경시는 모든 지구인의 행복을 연출해낸다는 신념으로 무한한 가능성의 공간에서 영원불멸의 기록인 창작 활동을 펼치며 세계로 나가고 있는 것이다.

4부

흙 외 2편

고 윤 옥

환경 십계명
고열에 시달리는 지구 응급실을 찾았다

의사는 안타까운 미소로 등을 토닥토닥
'너무 걱정 마시고 지구인들에게 꼭 전해 주세요'

〈처방전〉
이름: 지구
나이: 수억만 년
병명: 열병
경각심 주사 1000CC 수시로 한 대씩
노력 한 알씩 매일 매일 복용

〈주의사항〉
온난화를 막아야 하니
뿜어내는 각종 가스를 통제시키고
재활용하면서 땔감을 줄이세요

쓰레기를 줄이려면 과소비를 참아야 하고
낭비를 막으려면 아껴써야지요

\>

잘 생각을 해야
온도 상승의 부작용을 없앨 터이니
사람 눈초리에 녹아내리던 빙하 멈추게 하고
지구 건강 우리가 꼭 간호해야 해요

잘 생각을 해야

한식의 효능

보글보글 추억담에 된장을 풀어 넣으면
밤새 깔깔깔 배꼽 빠지게 웃을 수 있다
자신감 듬뿍 다져 불고기 양념장에 섞으면
뒷목이 빳빳해지고 어눌한 말투가 사라진다

뜬구름 한 수저 신 김치에 봉곳이 싸 먹으면
허리가 꼿꼿이 펴지고
별빛 뿌린 미역국에 밥 말아 먹으면
탄력피부 누릴 수 있다

아작아작 깍두기 귀로 마시며
매콤한 김치국물 꿀떡 삼키면
허걱!
쌓인 스트레스가 싹 날아간다

당면 부추 당근 버섯 볶을 때
와! 감탄사 훌훌 뿌려야
종합비타민의 효과를 본다

빨간 고추장 누런 된장 섞은 쌈장

꾸르륵 뱃속 신호에 상추 싸 먹으면
몸속 찌꺼기들 싹쓸이할 수 있다

이리도 좋은 한식
세계를 이끌어 갈 사람들이
하루에 세 번씩 만나며 즐기는 중이다

흙들의 수다

우리 지금 어디로 가는 거지?

상추에 달라붙은 흙이
흔들리는 차속에서 도심을 지나며 궁금해합니다

사람들 나보고 기접하는 건 아닌지 불안합니다
겨우내 깊은 잠에서 영양덩이로 숙성해
봄을 만나 씨앗을 잉태하고
튼실하게 자라준 야채 시집 보내는 날
얼결에 뿌리에 매달려
들러리로 나선 흙들이에요

농약 범벅된 흙하곤 차원이 다른데도
내 평생 물 태양 바람만 먹고 살았는데도
사람들은 날 보면 기절초풍 호들갑이네요

원망하진 말아야죠
오염된 충격이 얼마나 컸으면
내 자리는 땅
내 소명은 생물들 돕는 일

그저 열심히 열심히 바닥을 지키며
그러려니~~
살아야한다 체념할까요?

　우리 민족은 수렵을 거쳐 농경으로 토지와 인연을 맺어온 민족이다. 흙을 가까이할 때 사람다움을 자각하기에 흙을 만지는 손에서 행복도 느끼는 것이다. 태어나게 하고 생활의 터전을 주고 마지막에는 다시 돌아가야 할 순박하고 참된 「흙」을 만져보자. '환경 십계명'은 생명의 근원인 자연을 내 몸같이 사랑 하자와 말 못 하는 동식물을 괴롭히지 말자 등 10가지를 지키자는 운동이다. '고열에 시달리는 지구'를 만들어 '지구 응급실을 찾'게 된다. 견디기 어려울 정도로 심한 더위인 온난화로부터 지구를, 땅을 지켜야 하는 이유는 어렵고 힘들 때마다 아픔을 호소했고 삶의 지혜를 배우며 살아왔기 때문일 것이다.

　흙은 소멸할 수도, 새롭게 태어날 수도 없다. 이러한 지구의 시련이 인간의 시련이라는 그림자와 동행하며 살아가야 하는 진정성을 얻게 될 때 불안이라는 보이지 않는 존재가 곁을 맴돌 수밖에 없다. '의사는 안타까운 미소로 등을 토닥토닥'하며 긍정적인 삶을 선택할 수 있는 처방전을 '지구인들에게 꼭 전해 주세요'라며 부탁하다. 처방전은 어떤 병을 다스리기 위한 약의 조제 방법을 적은 종이다. 어제는 어쩔 수 없는 날이었고, 오늘은 만들어 갈 수 있는 날이고, 내일은 꿈과 희망이 있으므로 '경각심 주사' 맞고 '노력 한 알씩' 먹으며 '온난화를 막아야' 한다는 '주의사항'

도 들었다. 불볕더위가 기승을 부리다가 갑자기 먹구름 몰려와 상습적인 집중호우 피해에 시달리는 것도 다 이상기후 때문이기에, 마음에 새겨두고 조심조심 세심한 주의가 필요한 것이다. '각종 가스를 통제시키고' '녹아내리던 빙하 멈출' 수 있게 합심해서 이 모든 환란을 종식해야만 한다.

점점 아열대 기후로 변해 가고 있어 이로 인해 생태계 파괴는 물론 우리들의 생활에도 큰 영향을 주는 흙은 메말라가고 손은 화면 위를 스치며 접촉을 잃어간다. 어머니의 품 같은 땅을 잃는다는 것은 삶의 한 부분을, 생명의 한쪽을 잃어버린다는 뜻이다. '중요한 일은 다만 자기에게 부여된 길을 한결같이 똑바로 나아가'라는 헤르만 헤세의 말대로 시인은 새로운 인식의 혁명으로 '지구 건강 우리가 꼭 간호' 하자고 외치고 있다.

다음 시 「한식의 효능」을 알아보자. 한식은 우리나라 고유의 음식이다. 긴 역사를 가지고 있는 만큼 많은 특징을 가지고 있는 한식은 시대를 달리하면서 변화해 왔다. '보글보글 추억담에 된장을 풀어 넣으면'에서와 같이 된장이나 고추장, 김치와 같은 발효음식이 발전할 수밖에 없는 것은 우선으로 꼽히는 한식의 특징이다. 영양이나 건강 면에서 매우 뛰어나기도 하지만 맛이 좋아 '깔깔깔 배꼽 빠지게 웃을 수 있'어 너무나 좋다.

한 상에 다 차려놓는 상차림은 공간 전개 형이라고 말하는데 이것은 모든 반찬이 다 나열되어 있으면서 또한 밥과 같이 먹기 위해서이다. 최고 장점 중의 하나는 자신의 기호에 따라 음식을 골라 먹을 수 있다는 것, 그래서 불고기가 좋으면 '자신감 듬뿍 다져 불고기 양념장에 섞어' 먹으면 되고, 싸 먹고 싶으면 '뜬구름 한 수저 신 김치에 봉긋이 싸 먹으면' 된다.

포크와 칼을 사용하는 양식과는 달리 수저를 사용하는 것은 우리 음식 문화의 독특한 면이기도 하다. 국과 찌개를 좋아해서 생선회를 먹을 때에도 마지막에 매운탕을 끓여 먹는 것을 보면 뜨듯한 국물을 좋아하는 민족임을 알 수 있다. '별빛 뿌린 미역국에 밥 말아' 깍두기 하나 올려 '아작아작 귀로 마시며/ 매콤한 김칫국물 꿀떡 삼키'는 모습만 보아도 침이 꼴~깍 넘어간다. '당면 부추 당근 버섯 볶을 때/ 감탄사 훌훌 뿌'리는 경험과 성찰의 소산으로 한식의 좋은 점을 맛나게 볶아 최고급의 '종합비타민'으로 시인은 탄생시킨다. 격세지감이 아닌 격세유전으로 이어오고 또 시간을 거슬러 올라가며 한식의 진실을 제대로 요리하고 있다. 이렇게 훌륭한 음식이 잘 알려지지 않은 것은 불가사의라고 말했듯이 한식에 대한 인류의 창의성과 식문화의 경이로움을 확인하고 또 다른 세계와의 소통과 융합이라는 미래 음식문화의 가치를 발견하고자 시인은 '이리도 좋은 한식/ 세계로 이끌어' 간다고 말한다.

다음 시 「흙들의 수다」를 귀 기울여 들어보자. 수다는 내면의 대화와 치유를 희망하며 말을 하는 것이다. '상추에 달라붙은 흙이/ 흔들리는 차속에서 도심을 지나며 궁금해'서 '우리 지금 어디로 가는 거지?' 하고 물으면 '튼실하게 자라준 야채 시집 보내는 날/ 얼결에 뿌리에 매달려 들러리로 나'섰다고 말한다. 일어났니? 하고 물으면 일어나야지 하고 대답하고, 씻어야지 하면 씻기가 싫어 그러면 '어디 아픈 것 같아'와 같이 묻고 대답하다 보면 수다가 생기는 것이다. 고양이는 사람과 의사소통하기 위해 '야옹' 소리를 낸다. 조용하던 고양이가 수다스러워졌다면 질병에 걸려 두려움을 알리려는 것이다. '사람들 나보고 기겁하는 건 아닌지 불안'에 떨던 흙은 유대감 나누려고 자신은 아직 농약에 오염되지 않았다는 것을 '겨우내 깊은 잠' 자며 '영양덩이로 숙성' 했다고 말한다.

'농약 범벅된 흙'이 옆에 있어 스트레스를 받기도 하지만 오염된 충격에서 완전히 벗어날 수 없는 외로움에 수다를 떠는 것이다. 한 걸음 더 나아가 용기를 내어 '내 평생 물 태양 바람만 먹고 살았'다고 말하는 것은, 서두르지 않아도 되지만 멈추지는 마라 어디까지 갈 수 있는지 '한 걸음 더 나가는 용기'를 쓴 프리드리히 니체의 「위버멘쉬」에서와 같은 맥락이다. 탈무드 이야기에서는 수다 속에 험담이 들어있다고 한다. 그 험담은 자루 속에 든 새털과 같아서 한 번 나오면 주워 담기 어렵다고 했지만, 흙들의 수다는 '내 소명은 생물을 돕는 일'이라고 당당히 말하고 있다. '그러려니~/ 살아야죠'라는 시구 속에 사람을 믿을 수 없다는 포기도 들어있다. 농약 치고 오염 막을 생각도 하지 않는 양심을 팔아먹은 사회를 대신해 반성과 성찰을 통해 비겁과 비굴을 모르는 시인이 '그저 열심히 열심히 바닥을 지킨 흙'이 있었기 때문에 이 시를 쓰게 된 것이다.

　자연에서 태어난 인간이기에 흙은 거울이고 또 하나의 나인 이유가 되기도 한다. 이 세상 삶이 슬픈 것은 흙의 수다를, 자연의 울음을 새로운 삶의 의지로 승화시키기는커녕 마냥 외면하는 인간들 때문일 것이다. 하늘과 땅, 식물과 동물, 자연이, 마음 편히 수다를 털어놓으면 받아줄 수 있는 인격을 갖추고 또한 윤리적 토대가 되는 인간이 되는 일이 무엇보다 중요할 수밖에 없는 대목이다. 흙 한 알갱이에서 지구에 있는 물 태양 바람까지 자연의 존재함을 넓게 펼친 신비로운 상징시라고 말할 수 있다.

　환경이 나빠지기 전에 인내력으로 도전을 하겠다는 결의가 들어있음을 세 편의 시에서 읽어낼 수가 있다. 언어장애를 극복하고 결코 절대 포기하지 않았던 윈스턴 처칠이 졸업 축사에서 '절대 포기하지 말라!'라며 힘 있는 목소리로 강조하듯이 세계인의 환경전도사가 되어 환경오염과 온난화를 해결하는 역할을 자청한 고윤옥 시인은 세상에 널리 알리는 환경전도사로 뛰며 자신의 존재를 스스로 확인하는 삶을 살고 있는 것이다.

동굴속 독화살 외 2편

장 진

시퍼렇게 날 선 말이 튀어나온다

색동저고리색 말들은 빛에 바래고

심장을 베고 사라지는 말짐승

횡설수설은 꽃의 날갯속으로 들어가
물파스 같은 시간을 피우고
꽃속의 아름다운 무늬는 환상의 삶을 살게 하는 말씨다

입이란 동굴속에 사는 독말을 본 사람은 아무도 없다
태어나기 전엔 그 말에
독이 들었는지
꿀이 들었는지 아무도 모른다

혀라는 이름은 살풋 떠오르는 연한말을 기록했고
가시돋친말을 새긴 동굴속 독화살은
밖으로 나왔다가 다시 안으로 들어가서
자신의 혈관을 타고 흘러 다닌다는 것을 모른다
말은 최초에 뱉은 시간만 기억하다 사라진다

주목

너덜거리는 하늘 땅 깁는 법 강의하며
주목하세요

고상한 바람 한 줄기 걸어놓고
갈잎 병풍치고
안개구름 보초 세운 거미줄
호랑이 잡는 법화경을 설법하며
주목하세요

꽃바람 호랑이 수염 타고 날아들고
하얀꿈 신선처럼 휘날리는 영상을 돌리며
주목하세요

꾸벅꾸벅 졸다 거미줄에 걸린 잎들
유랑속으로 끝없이 파르르 파르르 떨며
현기증을 반납하고 수강증을 구입해
유산의 멀미처럼 대롱거리며
마지막 수업을 하고 있다

세숫비누를 갉아먹던 앞니 하얀 생쥐가 주목 타고 오르자
참다람쥐가 뭉크처럼 귀를 막고 절규한다

환풍구 숨소리

길가에 누워서 오열하는 환풍기
가로수옆 철창에 누워 마지막 숨 사른다

독소를 휘파람으로 바꾸는 소리 새가 되어 날아간다
가로수 허리 휘고 묵묵 내려다보고 있다

숨 멈추고 고개 돌리는 바람
오염 허공으로 뿜어내는 숨에
어린싹 뇌세포 푸른멍 들고 있다

어린싹 키우는 화단 인상 찡그리며
지구 미래를 걱정하는 소리 파랗다

　자연 현상에 의해서 땅이 넓고 깊게 파여 들어가 있는 동굴, 그 속에서 '시퍼렇게 날 선 말이 튀어나온다' 「동굴 속 독화살」이 어떤 방향으로 나아가는지 들여다보자. 입이 근질근질해지면 참을 수 없어 한 입 건너 두 입으로 이러쿵저러쿵 입방아질 하게 되어 있다. 오색 비단 조각이라 언제 무슨 색으로 바뀔지 모르는 '색동저고리색 말들은 심장을 베고 사라지는 말짐승'과 같다. 날 선 말은 사유가 되고, 사유는 독화살의 기원이 된다. 독이 들었는지, 꿀이 들었는지 알 수 없는 동굴 속은 그 사유를 감추고 있어 색동저고리색이 되기고 하고, 심장을 베고 사라지기도 하고, 환상의 삶을 살게도 해준다.

　'횡설수설은' 크게 벌린 날개 속에서 아래위로 움직이며 얼마나 많은 말 부화를 시켰는지 아니면 어디까지 그 말이 날아갔는지 알 수가 없기에 눈 밑에 바르면 따가워서 눈도 뜨지 못하는 냄새 나는 '물파스 같은 시간을 피'운다. 헨리 루이스 게이츠의 「의미화하는 원숭이」에서 '말장난은 자유로운 언어를 사용하여 우세한 언어의 뜻을 전복시키는 우회, 암시, 은유적 추론 등 모든 수사적 표현을 포함'한다고 했다. 입에 꿀 바른 말인지, 입 닦아 버리는 말인지, 입싸움하는 말인지는 결국 말을 듣는 사람에 따라 의미와 해석이 다르게 됨을 뜻하는 것이다.

　활시위에 오늬를 메워서 쏘는 화살은 비난이나 공격 따위를 비유적으로 이르는 말이다. 화살은 흐르는 별보다 더 빠르게 날아오기 때문에 영락없이 화살을 맞을 수 있는 위치에 우리는 놓여 있다. '입이란 동굴 속에 사는 독말을 본 사람은 아무도 없다' 그것은 화살통 속에 담긴 비밀을 열어본 사람이 없기 때문일 것이다. 시간의 화살은 절대로 역전하지 않는데 '동굴 속 독화살은 밖으로 나왔다가 다시 안으로 들어가서 자신의 혈관을 타고 흘러' 다닌다. 왜냐면 촉 끝에 위태롭게 하는 독까지 발랐으니 다시 회복하기 어려울 정도의 큰 치명상이 예상되기 때문이다.

사람이 하는 수많은 일 중에서 말을 하는 것처럼 신비로운 일은 없는데, 현대에 들어 말을 가볍게 여기는 풍조가 만연되어 있다. 말이 무척 헤퍼지고 지저분해지면 그 주체자의 삶이 더럽고 추하게 된다. '가루는 칠수록 고와지고 말은 할수록 거칠어진다' 라고 한, 옛 선인들의 잠언이 조금도 그른 데 없음을 더욱 절감하게 된다. '쌀은 쏟고 주워도, 말은 하고 못 줍는다'라고 하였으니 다시 한번 마음 깊이 새겨 말 한마디 한마디를 신중히 해야 함을 이 시에서 배울 수가 있다.

다음 시 「주목」을 자세하게 살펴보자. 나무껍질이 붉은빛을 띠고 속살도 붉어 주목이라는 이름이 붙여졌다. '살아 천년 죽어 천년'이라는 말이 있을 정도로 오래 살고 죽어서도 썩지 않고 그 자리를 지키고 있는 나무이다. '너덜거리는 하늘 땅'을 바늘잎으로 '깁는 법 강의'하며 '주목하세요'한다. 꽃말이 '고상함'이라 '고상한 바람 한 줄기 걸어놓'을 수밖에 없다. '호랑이 잡는' 법화경은 부처의 수명이 무량하여 언제나 이 세계에 머물면서 중생을 교화

시키기에 대승 경전의 꽃이며 모든 경전 중의 왕이 될 수밖에 없는 것 같다.

'유랑 속으로 끝없이' 거미줄에 붙어 떨어지지 않으려 하지만 중지되거나 실패되는 것은 당연하기에 메스껍고 어지러운 '유산의 멀미처럼' 삶의 공간이 바뀔 때마다 여지없이 '대롱거리'다 무너지는 것이 삶이다. 언제든 떠나갈 수 있는 존재는 지금의 만남이 마지막일 수 있다는 각별함 앞에서 '마지막 수업'은 애가 타고 답답한 느낌이 들게 마련이다. 알퐁스 도데의 「마지막 수업」에서는 어린아이의 눈을 통해 모국어를 빼앗기게 된 피점령국의 슬픔과 고통을 생생하게 보여준다.

무거운 주제를 밝은 환상과 시정이 넘쳐 흐르는 문체로 다루어 독자들에게 은근한 감동과 깨우침을 주는 면에서 「주목」 시와 같은 맥락이라고 할 수가 있다.

어둠 속에서 눈이 빤득이면서 약게만 굴어서 깍쟁이란 별명을 듣는 '앞니 하얀 생쥐가 주목 타고 오르자/ 참다람쥐가 뭉크처럼 귀를 막고 절규한다' 화산 폭발로 인해 도시위로 불길이 날름거리고. 핏빛으로 물들여진 하늘을 보고 걷잡을 수 없는 두려움에 빠져 다리 난간에 기대어 있다. 강렬한 경험을 그린 뭉크의 절규는 대자연으로부터 끝없이 흘러나오는 엄청난 재앙을 보고 경악하고 있는 그림인 것이다. 이처럼 하나뿐인 지구 환경이 점점 나빠져 가는 이 때, 자원 고갈 막는 포장재 줄이고 재활용 및 재사용의 생활화로 다 같이 지켜나가야 함을 이 시에서 말하고 있다. 오염되어 가는 슬픔과 고통을 생생하게 기록해야만 하는 현실을 안타까워하며 쓴 환경 시임을 읽을 수 있다.

다음 시 「환풍구 숨소리」를 들어보자. 건물 안의 탁한 공기를 밖의 맑은 공기와 바꾸기 위해 벽이나 천장에 설치한 환풍구에서 나오는 공기가 보행자들에게 피해를 주고 있다. 그래서 '가로수 옆 철장에 누워 마지막 숨 사'르고 있다고 한다. 지하에서 나오는 열기 연기 기름 성분 화학성분 등이 다량으로 발생되어 지상이 오염되고 있기 때문에 '독소를 휘파람으로 바꾸는 소리 새가 되어 날아간다'라고 한다. 이 시구의 맥락에서 보면 틈이나 구멍으로 조금씩 빠져나가던 매연들이 끊임없이 발생하여 나오고 있음을 알 수가 있다.

정체불명의 독소에 중독되면 사망한다. 독소는 생물에서 생기는 강한 독성의 물질이기에 당연히 해롭거나 나쁜 요소가 된다. 환풍기에 의해 호흡기 건강이 나빠질 뿐만 아니라 화단의 소목이 흔들릴 정도다. 지나가는 바람까지도 '숨 멈추고 고개 돌리'라며 '어린싹 뇌세포 푸른 멍'까지 든다고 한다. 설마 설마 멍이 들까? 생각하는 사람도 있겠지만 너무나도 뜻밖에 어린싹을 침몰시키는 사건으로 비화한다는 것이다.

제1 연에서의 숨소리는 그동안 많이 참아 온 것으로 보아 오열하는 마지막 숨으로 이어지지만, 제3 연은 점차 커진 소리가 생활에 불편해짐을 느낀 숨에서 끊임 없이 뿜어내는 숨으로 이어진다. 규칙적이지 않은 광택, 선, 결이 생기는 그라타주의 기법같이 숨소리의 위치와 종류를 듣고 강도의 차이를 느낄 수 있다. 신호 기다리며 잠시 멈춰서 있을 때 냄새가 더 강하게 느껴지는 경험을 한다. 수년간 축적된 먼지와 기름때, 미세입자들이 끊임없이 나오는 이 불행한 사태는 더 이상 감당하기 힘든 상황이 되어

버려 '어린싹 키우는 화단 인상 찡그'릴 수밖에 없게 되었다. 불현듯, 가래가 끓듯 내쉬는 거친 숨소리가 헐금씨금 귓가를 스치는 까만 밤, 무거운 눈꺼풀을 느릿하게 들어 올리며 거친 숨소리를 가볍게 넘기지 않고 '지구 미래를 걱정하'며 환경 시를 쓰는 시인의 숨소리가 파랗게 그 사유를 펼쳐 나간다. 일하는 것도 숨소리이고, 이름을 얻는 것도 숨소리이다. 숨소리는 삶의 지킴이기에 숨소리가 있는 한 이 세상의 삶은 향유되지 않으면 안 된다. 그러므로 우리 인간들의 운명이 환풍구의 숨소리에 달려있다고 해도 과언이 아니다.

시인은 영주신문 신춘문예 당선자로서 시가 얼마나 다양한 상상력으로 아름답게 변주될 수 있는가를 보여준다. 색동저고리 색이 날실이 되고 고상한 바람 한 줄기는 씨실이 되어 너덜거리는 하늘 땅 깁는 법 강의하고 있다. 날실 씨실 한 올씩 서로 교차 배열하여 명시로 완성한 뛰어난 세 편의 환경 시를 보면 대단히 지적이면서도 철학적이다. 왜냐하면, 마음속에 있는 지志를 글로 표현하였고 인간 삶을 교화하여 참다운 도덕적 인간으로 나아가게 하는 도道를 실현하였기 때문이다. 전 인류를 감동하게 할 만큼 소중한 가치가 있고, 뛰어난 역사 철학적인 깊이를 지닌 장진 시인은 세계 문학의 경지에 오를 날이 얼마 남지 않았음을 알 수가 있다.

새가 허공에 쓴 직유법 외 2편

이 서 빈

삶뿌리 흰눈처럼 깨끗해지면 참 좋겠습니다.

온누리 흰눈처럼 희디희면 참 좋겠습니다.

행복가루 흰눈처럼 싸락싸락 쌓이면 참 좋겠습니다.

사랑도 흰눈처럼 폴폴 내리면 참 좋겠습니다.

지옥 같은 푸른근심 흰눈으로 지우면 참 좋겠습니다.

후미진 곳에 고인 어둠 다 발라먹고, 밀려오는 슬픔더미에 하얀수련 피우면 참 좋겠습니다.

늙은 정한수 그릇에 담긴 흰기도에 주름살 지우고 물청빛 웃음 피면 참 좋겠습니다.

소나무 눈 터는 소리 푸드득, 푸르러지면 참 좋겠습니다.

온갖 더러움 흰눈으로 삶고 두드리고 행군 우주를, 빨랫줄에 널어 말리면 참 좋겠습니다.

>

저 눈의 눈처럼 해맑은 웃음이,

까르까르르 펄럭이면 참 좋겠습니다.

사실 고발 르포 생태시

둥근지구섬으로 여행 온 인간들

여기저기 기웃기웃 놀면서
플라스틱 비닐 일회용 만들어
해변 하천 산 들에 쓰레기 마구마구 날려
동물 배 갈라보면 플라스틱 비닐 가득하고
물위 악취 둥둥 떠다니고 초목 하얗게 죽어간다

상공에 하얗게 핀 구름떼가
수많은 사람 목숨 앗은 대가로
연기와 안개를 합쳐놓은 스모그란 이름을 얻는다

이산화황과 질산 결합해 뭉게구름으로 날아내리면
바다와 땅 헝클어지는 비명悲鳴에
동·식물 하얗게 바래가지만
욕망과 욕심으로
핵발전소 화학무기 만들어 공멸 자초하는 호모사피엔스

가뭄 태풍 홍수에 생을 씻는 생태계
이제 새들의 초경을 보기는 글렀다

\>

지구섬에 여행 중인 사람

체험에 욕심을 부려 지구가 새까맣게 변하고 있다

지구 여행 중인 나는 바닷가에 서서 목이 바짝바짝 탄다

생각다리를 긁다

달달한 바람휘파람에 유혹당해 나무감옥을 탈출한 이파리들

바람을 따라 나와 바람이 흔드는 대로 살다
차갑게 변심한 바람 때문에 자살한 잎들 거리에 을씨년스럽게
나뒹군다

쓸쓸, 갈색시체들을 쓸어내는 빗자루

바람멱살을 잡아 흔들며 흐느끼는 나무들

먼지와 매연 갈색굴욕과 비애가 쓰레기더미로 쌓인 새벽거리

상중喪中이란 팻말 세워놓고 서리상복을 입고 폭삭 엎드려 하
얗게 우는 지구

해오리 한 쌍 문상 다녀가며 떨어트리는 말
환경감옥에 갇혀 발버둥치는 사람들이 어스름속에 소를 모는
목동처럼
굴뚝연기와 사립문 밖 삽사리 쫄랑대며 꼬리 흔드는 여유로움
어디로 실종되었는지

＞

뿔을 단 사슴머리에 물고기꼬리 달고 돼지다리를 하고 날개 퍼
덕이며 날아가는
저,
저 짐승 이름이 무언지 최초의 검색어를 뱉어내지 못하는 에이
아이AI
자루에 꽁꽁 묶인 갈색향에 문상 중인가?

잎들은 왜 하필 가을 시간에 죽어 갈색비를 내리게 하는지?
집단으로 자살한 나뭇잎들 뒤척이며 하혈을 말리는 바람

아무 대사도 배역도 없이 공^空속으로 들어가 웅크린 벌레눈알
이 될
걸음의 유전자를 가진 생각다리를 긁어본다

「새가 허공에 쓴 직유법」을 따라 날아가 보자. 온갖 죄악에 물들어 이리저리 엉키었을 것만 같은 '삶뿌리 흰눈처럼 깨끗해지면 참 좋겠'는데 지금은 반대의 상황으로 가고 있다. 인구의 증가와 소비 증대에 따라 막대한 양의 매연, 오수 폐기물이 배출되면서 환경 오염 속에 살고 있다. 시를 읽다 보면 행마다 '참 좋겠습니다' '참 좋겠습니다'라고 쓰여 있다. 시는 짧은 문장 안에 강한 메시지와 감정을 담아야 하기 때문에 표현 기법 하나하나가 매우 큰 역할을 한다. 시의 리듬을 만들고 특정 이미지를 강조하며 시 전체의 분위기를 강화하는 데 탁월한 효과를 주는 반복법은 의미를 강조할 뿐만 아니라 운율을 두드러지게 하여 시적 울림을 크고 깊게 만든다.

인간이 받을 수 있는 고통에 대한 상상력의 극한을 보여주는 '지옥 같은 푸른근심'은 범죄나 악惡 등에 대해 나쁜 잡초의 뿌리를 뽑아버리듯 철저히 찾아내어 '흰눈으로 지우면 참 좋겠습니다'라고 한다. 중국 악양루에는 '천하의 걱정거리를 먼저 근심하고 천하의 즐거움을 나중에 즐긴다'라는 구절의 편액이 걸려있다. 그러나 지금 우리의 현실은 '내 가족과 나만 무사하다면 세상이 다 타 버려도 좋다'라는 루이 14세 애인의 말이 설득력 있게 들린다. '밀려오는 슬픔더미에' 연못이나 늪에서 자라는 여러해살이 물풀인 '하얀수련 피우면' '슬픔더미'를 무너트릴 수 있을까? 아니 할 수 없기에 클로드 모네가 그린 흰색 수련 연못처럼 그렇게 하면 '참 좋겠습니다'라고 기원하고 있는 것이다. 잔잔하고 미동이 없어 보이는 '늙은 정한수 그릇에'는 가족의 소원을 빌고 비는 숨소리가 들어있어 '주름살 지우고' '물청빛 웃음'도 피기를 기도하고 있다.

세월과 추위를 이기는 소나무처럼 강고한 인품을 칭송하고 있는 추사와 같은 마음인 '소나무 눈 터는 소리 푸드득, 푸르러지면 참 좋겠습니다'라고 한다. 직유법은 비슷한 성질이나 모양을 가진 두 사물을 '처럼'이나 '같은'으로 연결하여 비유하는 수사법으로 이 시에서는 새가 허공에서 인간의 세태를 보고만 있을 수 없어 쓴 직유법인 것이다. 반복이 적절하게 사용된 이 시에서 보면 전체 분위기가 안정되어 있고 감정의 방향성이 자연스럽게 전달되고 있음을 느낄 수 있다. 독자는 어느새 시인이 의도한 감정결까지 따라가며 읽다 보면 긴장감이 생기고 잔잔한 여운까지 받아들일 수 있게 된다.

다음 시 「사실 고발 르포 생태시」를 읽어보자. 실제 사건이나 현상에 대하여 작가의 주관을 섞지 않고 사실의 중요성을 기록한 생태 시로 문학성이 강조된다. '둥근 지구섬으로 여행 온 인간들'이 '여기저기 기웃기웃 놀면서' 저지른 잘못이나 부조리를 드러내어 알린 고발 내용이 무엇인지 자세히 들여다보아야 할 것 같다. '일회용 만들어' '쓰레기 마구마구 날려' '동물'도 '초목 하얗게 죽어'가게 했을 뿐 아니라 '스모그란 이름'까지 얻는다고 하였다.

주자는 '사람이 이利만을 추구하면 이도 얻지 못할 뿐 아니라 장차 몸을 해치고 의義를 추구하면 이는 구하지 않아도 저절로 얻어진다'라고 하였는데 인간이 생활하면서 소비의 과정에서 배출해 놓은 매연 악취 오물 폐기물 때문에 '바다와 땅 헝클어지는 비명悲鳴에/ 동·식물 하얗게 바래가'고 있다고 하였다. 몹시 놀랍거나 위험하고 괴롭고 다급한 일을 당하여 외마디 소리를 지를 일이 한둘이 아니다. 원자로 안에 핵분열 물질 등에 반응 일으켜서 얻는 힘으로 전기를 일으키는 '핵발전소' 뿐 아니라 유독성 화학작용제나 탄약 및 살포 장치를 포함하여 화학물질이 충전된 지뢰, 항공 폭탄과 그 운반체를 통틀어 말하는 '화학무기'까지 '만들어 공멸 자초하는 호모사피엔스'라고 고발하고 있다. 상생이라는 공동체 인식의 큰 틀에서 시작하여 경계의 긴장미를 늦출수 없다.

인간의 '욕망과 욕심으로' 자연 생태를 파괴하고 생물의 생존을 두려워하게 하며 자원의 고갈, 악화를 더욱 촉진하며 인간의 생활 환경을 위협하게 된다. '이제 새들의 초경을 보기는 글렀다'라며 생태계를 시인은 걱정하고 있다. 대홍수가 덮쳐 물에 잠겨가는 아파트 속에서 사투를 벌이는 김병우 감독의 「대홍수」도 지구의 마지막 날을 말하고 있다. '물질 가는데 마음도 간다'라는 우리나라 옛 속담처럼, 인류가 풍요와 생활의 편리를 추구해 온 대가로 '지구섬에 여행 중인 사람/ 체험에 욕심을 부려 지구가 새까맣게 변하고 있'다고 한다. 우리에게 주는 경고를 깨달아 위기의식을 가지고 인간이 해결해 나아가기를 바라는 삶의 잠언적 가르침이 들어있다. 생존을 위협하는 환경문제의 심각성이 공허

감, 죄책감, 두려움으로 인한 공포감까지 느끼면서 경각심을 가지고 지금의 위기상황을 막아내려면 일상의 불편을 감수해야 하는데 행동으로 보여주지 못하니 '지구 여행 중인 나는 바닷가에 서서/ 목이 바짝바짝 탄다'라며 시적 형상화를 통해 상처받는 생태계의 외상 치유에 강렬한 메시지로 전달하고 있다.

다음 시 「생각다리를 긁다」를 들여다보자. 헤아리고 판단하고 인식하는 생각에는 다리가 있다. 다리는 사람의 하지만이 아니다. 물체의 하체나 아래에 붙어 그 물체를 떠받치는 밑받침 구실을 하는 것을 가리킨다. 가위다리 방아다리 베틀 다리 상다리 지겟다리 책상다리가 있는데 생각다리는 우리의 언어 현실이 아니요, 우리의 언어 감각이다. 나의 고통과 너의 고통은 그 뿌리에서부터 연결되어 있다는 이미지의 형상화는 '달달한 바람휘파람에 유혹당해' 결국 '나무감옥을 탈출한'다. 나라는 이기심의 감옥에 갇혀 있을 때는 타인의 고통이 남의 일에 불과했지만 내가 깨달아 그 감옥에서 풀려날 때 타인의 고통은 더 이상 남의 일이 될 수가 없는 것이다.

'먼지와 매연 갈색굴욕과 비애가 쓰레기더미로 쌓인 새벽거리'에는 남에게 업신여김이나 모욕을 받은 굴욕과 설움이 쌓여있다. 나라는 정체성을 쓰레기더미인 줄 모르고 소유물로 쌓아 올린 사람들만 있기에 지구는 존재 자체가 무너지는 듯한 고통을 겪고 있다. 상중喪中이란 무엇을 뜻하고 있는 것일까? 빙하가 무너지고 대형산불이 휩쓰는 재앙의 소식에 지구의 종말 시계가 임박했음을 분명히 알고 있으면서도 우리의 일상을 변화시키지 못하는 인간들이기에 '서리상복을 입고 폭삭 엎드려 하얗게' 울 수밖에 없게 된다. 소설가 조너선 사프란 포어는 에세이 「우리가 날씨다」를 통해 이 불편하고 날카로운 질문을 독자의 정면에 겨누고 있다. '왜 우리는 알면서도 행동하지 못하는가?' 그는 바로 이 '인식과 행동 사이의 간극'이야말로 인류가 직면한 가장 위험한 역설이라고 진단하고 있다.

'환경감옥에 갇혀'서도 생각은 온데간데없고 '꼬리 흔드는 여유로움 어디로 실종되었는지' 발버둥 치는 사람들만 있다고 한다. '해오리 한 쌍'의 가르침은 바로 먼지와 매연의 감옥을 부수라고 하며 '사립문 밖 삽사리 쫄랑대며 꼬리 흔드는' 지식으로 해결해야 한다고 경고하고 있다. '뿔을 단 사슴머리에 물고기꼬리 달고 돼지다리를 하고 날개 퍼덕이며 날아가는' 모습은 상상과 감정을 통한 생명의 재해석으로 항상 낯선 차별성을 지니고 있기에 시적 완성도를 높일 수밖에 없는 것이다. '잎들은 왜 하필 가을 시간에 죽어 갈색비를 내리게 하는지?'라는 부분은 시간과 공간의 개념을 상호대비 시키되 긴장과 응축의 틈새를 보이지 않는 시적 기법으로 감정의 절제가 들어간 입체적인 구조로 보인다. '아무 대사도 배역도 없이 공空속으로 들어가'는 이 세상 모든 것은 다른 모든 것들과의 관계 속에서 무수한 원인과 조건들이 서로 의지하여 잠시 일어났다가 사라지는 거대한 과정일 뿐인 것이다. 이 역설적인 세계, 즉 모든 것이 텅 비어있으면서空 동시에 존재하는有 이 세계를 어떻게 살아가야 할지 '걸음의 유전자를 가진 생각다리를 긁어' 볼 수밖에 없게 된 것이다

투명한 시정신으로 지구 살리는 방법을 자신 있게 시인이 말하

는 것은 환경이 지구의 심장이기 때문이다. 막힘없이 두루 통하는 이서빈 시인은 우리의 한글을 가지고 전 세계로 영역을 확대해 나가는 환경 시의 선구자이다. 역사의 지침서이면서 시소설인 17권의 대하소설은 문화적 영웅이 될 수밖에 없기에 최고의월계관을 쓸 날이 머지않았음을 알 수가 있다.

남과 다른 시 쓰기 동인

'남과 다른 시 쓰기' 동인의『새가 허공에 쓴 직유법』은『함께, 울컥』,『길이의 슬픔』,『덜컥, 서늘해지다』,『새파랗게 운다』,『따끔 따끔, 슬픔 요일』,『그러니까, 그 무렵』에 이어서 일곱 번째 환경시집이며, 이서빈, 이진진, 정구민, 글나라, 최이근, 고윤옥, 글빛나, 권택용, 글로별, 이옥, 글가람, 장진 등, 열두 명이 그 회원들이라고 할 수가 있다.
『새가 허공에 쓴 직유법』은 "인간은 자연의 한 조각이다"라는 대전제에서처럼 '남과 다른 시쓰기 동인들'이 '환경위원회'를 조직하고 "온몸 불사르며" "생태 환경 경전經典"을 써나가고 있는 환경시집이라고 할 수가 있다.

이메일　happyjy8901@hanmail.net

• 이 시집은 영주신문에 환경 시 특집으로 연재한 시임을 밝혀둔다.

남과 다른 시 쓰기 동인

새가 허공에 쓴 직유법

발   행   2026년 4월 15일
지 은 이   이서빈 외
펴 낸 이   반송림
편집디자인   반송림
펴 낸 곳   도서출판 지혜
주   소   34624 대전광역시 동구 태전로 57(삼성동), 2층   도서출판 지혜
전   화   042-625-1140
팩   스   042-627-1140
전자우편   eji@ji-hye.com
               ejisarang@hanmail.net
애지카페   cafe.daum.net/ejiliterature

ISBN   979-11-5728-603-4   03810
값   13,000원